주석으로 쉽게 읽는
고정욱 그리스 로마 신화 2

주석으로 쉽게 읽는

고정욱
그리스
로마 신화

2

영원한 예술의 탄생

고정욱 지음

애플북스

Greek and Roman Mythology

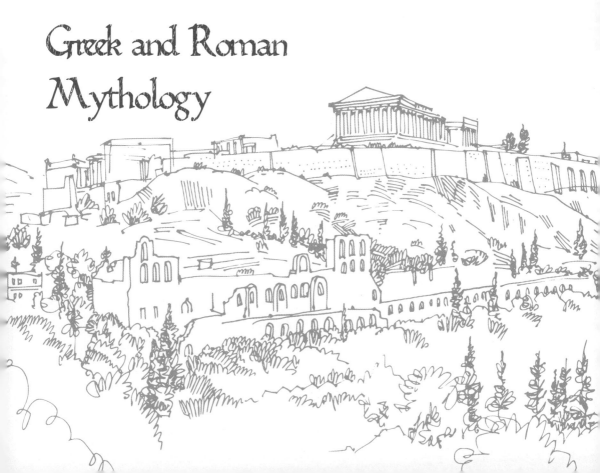

차
례

I

순결한 사냥꾼 아르테미스

모든 한계를 초월한 불멸의 존재들이 모여 있다고는 하지만, 신들의 세계라고 해서 늘 안전하고 평화로운 것은 아니다. 항상 위험이 도사리고 있다. 언제든지 그들의 세계를 넘보는 적들이 출몰할 수 있기 때문이다. 그것은 어쩌면 이 우주의 법칙이라고도 할 수 있다. 신들을 가장 강력하게 위협한 존재 중 하나로 알로아다이 거인 형제가 있다. 알로아다이 거인 형제는 자신들의 경쟁자가 될 만한 존재로 아르테미스와 아폴론을 지목했다. 그들 역시 쌍둥이였기 때문이다. 그들은 만나기만 하면 이야기했다

"그 쌍둥이 신 정도는 우리가 한 방에 정리할 수 있어."

그들이 어마어마한 힘을 가지고 있는 건 사실이었다. 쌍둥이 거인의 이름은 오토스와 에피알테스로, 알로스의 왕 알로에우스의 아들이다. 알로에우스 왕의 아내 이피메데미아가 포세이돈과 정을 통해 낳았다는 이야기도 있다. 평범한 인간이라면 어른이 된 뒤 성장이 멈추는데, 이 쌍둥이 거인들은 계속 자라났다. 해가 가면 갈수록 키가 커졌다. 매년 성인 한 사람의 키만큼 자라날 정도로 무한히 성장하는 놀라운 존재였다. 몸집이 커지는 만큼 근육과 골격도 강해졌다. 급기야 이 세상 그 어느 존재보다 커다란 덩치를 갖게 됐다.

"하하하! 우리는 신보다 강하다!"

"맞아. 인간 따위는 우리에게 맞설 수 없어."

거인들은 사람들을 밟아버리거나 툭하면 잡아먹었다. 그러는 동안에도 계속 성장해 신까지 넘보는 지경에 이르렀다.

"신이라고 별거 있어? 올림포스산 꼭대기에서 잔치를 벌이거나 인간들의 운명을 마음껏 휘젓고 헤매는 모습을 보며 낄낄거리는 게 고작이지."

"맞아. 그냥 우리가 모두 쫓아내버리자."

"그러자."

거인들은 신들을 향해 큰 목소리로 외쳤다.

"조금만 기다려라! 세월은 우리 편이다. 시간이 갈수록 우리 덩치는 더욱 커질 것이다. 오사산 위에 펠리온산을 쌓아 올리겠다. 그러면 올림포스산만큼 높아질 테니 너희 신들이 높은 곳에서 내려다보며 잘난 체하는 것도 끝이다. 그때는 너희 중 여신들만 뽑아다가 깡그리 우리 아내로 삼을 것이다."

맨 처음에는 가당치 않은 헛소리라며 신들은 쳐다보지도 않았다.★

"미친놈들이로다."

하지만 거인들은 점점 세력을 키워 마침내 신들조차 두려워할 만한 존재가 되었다. 보다 못한 제우스가 전쟁의 신 아레스에게 명령했다.

"가서 저자들을 해치워라."

"네, 알겠습니다."

그러나 전쟁의 신이라고 해서 전쟁에 나가 반드시 이기기만 하는 것은 아니다. 섣불리 덤벼들었던 아레스는 그만 이들 형제가 파놓은 함정에 빠지고 말았다. 무시무시한 전쟁의 신도 거인이 태산 같은 무게로 찍어 누르자 그 밑에 깔려서 빠져나오지 못했다.

"아레스를 묶어라!"

쇠사슬로 꽁꽁 묶어놓자 아무리 강력한 신들의 무기를 써도 아레스는 이 두 거인을 제압할 수 없었다. 이유는 간단했다. 그들 역시 신과 같은 불멸의 존재였기 때문이다. 체면이 말이 아니게 아레스는 무려 1년 넘게 포로로

여기서 잠깐!!

신의 영역에 도전한 존재들은 정말 많아. 일단 신들 역시 도전자이지. 괴물들도 마찬가지야. 하지만 진정한 신의 도전자는 인간이라고 할 수 있어. 애초에 신이라는 개념을 만든 것도 인간이잖아. 불가사의한 것, 납득하거나 이해할 수 없는 것은 다 신의 영역에 놓았지. 인간이 죽고 사는 것, 생명의 신비, 자연의 섭리 같은 것들 말이야. 이런 것들을 신의 영역에 놓아두면 다 받아들일 수 있었던 거지. 그러나 인간의 과학과 인지가 발달하면서 신들의 영역은 서서히 무너져 내리고 있어. 이제 인간은 유전자를 조작하고, 핵무기를 만들고, 우주를 여행하고, 인공지능까지 만드는 능력을 가지게 됐으니 신의 영역은 거의 남아 있지 않다고 봐도 과언이 아니야.

아르테미스

아르테미스는 늘씬한 몸매에 빼어
난 미모를 지닌 데다 강인한 근육
을 가지고 있는, 미와 용(勇)을 겸
비한 여신이야. 게다가 노래 솜씨
와 춤 솜씨도 빼어났지. 그녀는 숲
의 여신일 뿐만 아니라 달의 여신
이기도 했어. 자신의 아름다움을
드러내기보다는 실용적인 것을 좋
아해서 치렁치렁하게 늘어지는 옷
보다는 짧은 옷을 즐겨 입었어. 사
냥을 좋아해서 금으로 만든 화살
로 동물들을 잡았는데, 활 솜씨가
백발백중이었지. 아폴론과는 쌍둥
이 신으로, 어머니 레토 여신이 이
들을 낳을 때 아주 큰 고생을 했다
고 해.

잡혀 있었다. 당황한 제우스는 운명의 여신 티케를 불렀다.

"저 두 거인을 어떻게 하면 없앨 수 있느냐? 너의 예언을 듣고 싶다."

"저 두 거인은 그 누구도 죽일 수 없습니다."

"뭐라고? 그렇다면 이거 큰일 아니냐?"

제우스의 얼굴이 어두워지자 운명의 여신은 실낱같은 희망을 말해 주었다.

"하지만 방법은 있습니다."

"어서 그 방법을 말해봐라."

"저들은 오로지 서로가 서로를 죽일 수 있습니다."

"저렇게 사이가 좋은데 어떻게 서로를 죽이게 만든단 말이냐? 말도 안 된다. 불가능한 일이다."

두 거인은 몸만 따로 떨어져 있을 뿐, 하나의 영혼으로 묶여 있었다. 그렇기에 서로가 서로를 죽인다는 것은 있을 수 없는 일처럼 보였다. 이렇게 올림포스의 신들이 대책 없이 두려움에 떨고 있을 때 아르테미스가 나섰다.

아르테미스는 다른 신들을 존경할 뿐만 아니라 신으로서의 자존심이 상당히 강한 여신이었다. 아레스의 이야기를 들은 아르테미스는 이런 사태를 아무도 해결하지 못하고 전전긍긍하는 것이 수치스럽기만 했다. 아르테미스는 도저히 참을 수 없었다.

"제가 해결하겠습니다."

"네가 어떻게 해결한단 말이냐? 사냥에 탁월한 재능을 가지고 있다는 것은 익히 알고 있다만……."

제우스가 걱정스러운 표정으로 물었다.

"걱정하지 마십시오. 지켜보면 알게 되실 겁니다."

아르테미스는 올림포스에서 지상으로 내려왔다. 오토스와 에피알테스가 사냥을 즐긴다는 것을 알고 그녀는 계획을 세웠다.

"오늘은 사슴을 한 마리 잡아먹자."

"그거 좋지. 이 숲에는 사슴이 많아."

쌍둥이 거인은 사슴이 지나다니는 길목을 찾아 바위 뒤에 몸을 숨겼다. 하지만 그들은 알지 못했다. 아르테미스가 몰래 숨어서 자신들을 지켜보고 있다는 사실을.

'지금이 기회로구나.'

여신은 숲속 깊숙이 들어가 사슴들이 노는 곳에 가서 아름답고 살진 사슴 한 마리를 사로잡았다. 그러곤 거인들이 노리고 있는 길목에 놓아주었다.

"자, 어서 달려가거라!"

사슴의 엉덩이를 철썩 때리자 사슴은 있는 힘껏 도망쳤다. 뒤도 돌아보지 않고 거인들이 숨어 있는 바위와 수풀 사이를 통과할 때였다. 기다리고 있던 두 거인이 벌떡 일어났다.

"왔다!"

둘은 동시에 화살을 날렸다. 하지만 그것은 그들이 쏜 마지막 화살이었다. 그들의 눈앞에서 사슴이 순식간에 사라져버렸다. 아르테미스가 조화를 부린 것이다. 화살은 목표물을 잃고 상대방의 심장을 꿰뚫어버렸다.

"아악!"

거인들은 서로를 쏴서 죽이고 말았다. 거인들이 쓰러지자 땅이 울리는 소리가 났다. 그 소리가 얼마나 컸는지 올림포스산에서도 들릴 정도였다.

"만세!"

"성공했구나!"

조마조마한 마음으로 지켜보고 있던 신들은 모두 환호성을 질렀다.

"만세! 아르테미스가 위대한 업적을 이뤘다!"

아르테미스를 칭송하는 음악이 여기저기서 울려 퍼졌다. 아르테미스는 신들에게 사랑받는 위대한 존재가 됐다. 이렇게 용감한 데다 아름답기까지 하니 그리스 사람들은 하나같이 순결한 여신 아르테미스를 떠받들었다. 외모도 능력도 빼어난 존재는 누구나 좋아하는 법이다.

2

히폴리토스와 아르테미스의 우정

　아르테미스 여신을 추종하는 자들 중 히폴리토스라는 청년이 있었다. 빼어난 외모의 여신을 숭배하는 자들 중 가장 앞선 추종자라고 자처할 만큼 그 역시 잘생긴 외모를 자랑했다. 히폴리토스는 영웅 테세우스와 아마조네스의 여왕 안티오페 사이에서 태어난 자로, 용맹함과 수려한 외모를 그 누구도 따라올 자가 없었다. 테세우스는 그런 아들을 끔찍이 사랑하며 신뢰했다. 하지만 지나친 사랑과 신뢰에는 마가 끼어드는 법이다. 동족인 아마조네스 여인들의 실수로 안티오페가 화살에 맞아 죽은 뒤 히폴리토스는 기댈 곳이 없어졌다. 안티오페가 죽고 난 뒤 테세우스는 크레타 왕 미노스의 딸 파이드라와 결혼했다. 미노스와 테세우스는 원래 좋은 관계를 유지하고 있었던 터였다. 젊은 새어머니 파이드라가 부담스러웠던 히폴리토스는 그녀의 그늘에서 벗어나고 싶었다.

"아버지, 저는 이곳을 떠나 넓은 세상을 경험해보고 싶습니다."

"왜 이곳을 떠나려고 하느냐?"

"저도 아버지처럼 모험을 하고 싶습니다."

모험을 통해 더욱 강해지고 싶다는 아들을 기특하게 여긴 테세우스는 기꺼이 허락했다.

아테네를 떠난 히폴리토스는 펠로폰네소스까지 여행을 했다. 그곳에는 바로 증조할아버지 피테우스가 있었다. 트로이젠의 왕 피테우스는 손자 히폴리토스를 보자 너무나 기뻐했다.

"히폴리토스, 너희 아버지 나라로 돌아가지 말아라. 새로운 왕비가 아이를 낳을 것 아니냐? 아테네로 돌아가봤자 네 자리는 없을 것이다. 괜히 분란만 일으키지 말고 이 땅을 차지하고 통치하는 게 어떻겠느냐?"

"할아버지의 말씀을 따르겠습니다."

그리하여 히폴리토스는 트로이젠에 뿌리를 내리기로 마음먹었다. 트로이젠 사람들은 잘생긴 히폴리토스에게 단번에 반해버렸다. 그는 잘생겼을 뿐만 아니라 강인한 육체를 가진 청년이었다. 히폴리토스는 아마조네스의 여왕인 어머니 안티오페의 기질을 물려받아 말을 사랑했다. 그의 말 다루는 솜씨는 완벽했다. 전차를 모는 솜씨 역시 뛰어났다. 그 누구와 겨뤄도 지는 일이 없었다. 그가 승리를 거두고 돌아올 때면 많은 사람들이 몰려들어 환호했다.

"히폴리토스, 만세!"

"히폴리토스여, 영원하라!"

오늘날 프로 스포츠 선수가 사람들의 사랑을 받는 것 이상으로 추앙받고 있었던 것이다. 게다가 그는 항상 겸손했다. 어머니의 영향을 받아 아마조네스의 수호신인 아르테미스 여신을 존경하다 보니 자연스레 그런 태도를 갖게 되었다. 이런 그에게 선망의 시선이 쏟아지는 건 당연한 일이었다.

'아르테미스 여신을 잘 모셔야 해.'

히폴리토스는 시간이 날 때면 숲에 가서 경건하게 자기 자신을 갈고 닦고 명상하면서 마음을 추슬렀다. 아르테미스는 그런 히폴리토스를 대견하게 생각해 자주 그의 앞에 나타나 대화를 나누고 친밀하게 지냈다. 여신과 직접 대화를 나눌 때면 히폴리토스는 너무도 행복했다.

"히폴리토스, 나와 함께 사냥을 가지 않겠느냐?"

"기꺼이 따르겠습니다."

아르테미스와 히폴리토스는 함께 사냥을 나가 잡은 짐승의 고기를 나눠 먹기도 하고, 경치 좋은 곳에서 맑은 공기를 마시며 행복한 시간을 보내기도 했다. 둘은 각각 인간과 신이지만 서로 진한 우정을 나누는 관계였다. 깊고 순결한 인간과 신의 우정이고 사랑이었다. 둘은 서로를 존경하며 순결을 찬미했다.

"저는 여신님을 진심으로 존경하고 숭배합니다."

"히폴리토스! 너야말로 진정으로 나의 사랑을 받을 만한 자로구나."

둘의 우정은 올림포스뿐만 아니라 인간 세계에서도 칭송을 받았다.

하지만 지극히 아름다운 것에는 시기하는 자가 끼어들기 마련이다. 이토록 아름다운 우정이 오래가기는 어려웠다. 이 둘의 우정을 마땅치 않게 여기는 존재가 있었으니, 바로 사랑의 신 아프로디테였다. 아프로디테는 둘이 우정을 나누며 숲속에서 말을 달리는 것을 보면 콧방귀를 뀌었다.

"흥, 꼴 보기 싫은 것들. 남자와 여자가 서로 존경하면서 친구가 될 수 있다고? 말도 안 되는 소리를 하고 있어."

아프로디테는 그 둘의 관계에 모욕감을 느꼈다. 이 사실을 알게 된 아르테미스는 히폴리토스에게 말했다.

"아프로디테가 우리 둘의 관계를 깎아내리려 하는구나."

그 말을 들은 히폴리토스 역시 기분이 좋을 리 없었다. 신들에게 깍듯하게 예우를 갖추는 히폴리토스였지만 자신의 진정성이 통하지 않는 아프로디테를 생각하면 마음이 상했다. 그래서 모든 신들에게 제물을 바쳐도 아프로디테의 조각상 앞에는 하다못해 꽃 한 송이 바치지 않았다.

"저것이 보자 보자 하니까 나를 능멸하는구나."

아프로디테는 화가 치밀었다. 자신이 누구인가? 이 세상을 사랑으로 가득 채우는 사랑의 여신이다. 그런데 자신을 무시하고 별 볼 일 없는 여신으로 취급하자 자존심이 무척 상했다. 이는 사실 시기와 질투심에 다름 아니었다.

"네 녀석이 건방지게 나를 무시해? 인간이라면 모름지기 올림포스의 모든 신들을 존경하고 제물을 바쳐야 한다. 인간 주제에 감히 신을 무시하다니. 어디 네 녀석이 얼마나 더 그렇게 당당할 수 있는지 두고 보마. 네 녀석에게 불행의 철퇴를 내려주겠다."

그 후로 아프로디테는 기회만 노리고 있었다. 하지만 히폴리토스 옆에서 항상 아르테미스가 지켜보고 있어서 쉽게 기회를 잡을 수 없었다. 그러던 중, 히폴리토스에게 아버지 테세우스의 궁에서 전갈이 왔다.

"왕자님, 속히 돌아오십시오."

"무슨 일인가?"

"신들에게 제사를 지내야 합니다. 그 자리에 왕자님도 함께하셔야 합니다."

"알았다. 내 곧 달려가마."

히폴리토스는 여행을 떠날 준비를 했다. 아프로디테는 그 틈을 노리기로 했다. 그가 새어머니 파이드라를 만날 것이 분명했기 때문이다.

"그렇지. 저 음탕한 여인 파이드라를 이용해 히폴리토스를 벌줘야겠구나. 하하하!"

아프로디테의 이런 속셈을 꿈에도 모르고 히폴리토스는 의기양양하게 고향으로 돌아갔다. 많은 사람들이 길가에 나와 기쁜 마음으로 히폴리토스를 맞아주었다. 그의 명성이 바다 건너 이곳까지 전달된 것이다.

"히폴리토스! 히폴리토스!"

사람들이 히폴리토스의 이름을 소리 높여 불렀다. 파이드라는 먼발치에서 늠름한 히폴리토스의 모습을 쳐다보고 있었다. 그때 아프로디테가 아들 에로스에게 명령을 내렸다.

"파이드라의 심장을 활로 쏘아 관통시켜라."

충실한 아들 에로스는 그대로 파이드라의 심장에 화살을 쏘았다. 순간, 파이드라는 자신이 쫓아버린 의붓아들이 늠름하고 멋진 남자가 되어 돌아온 것을 보며 가슴이 마구 설레기 시작했다.

'히폴리토스가 저렇게 잘생긴 남자가 됐다니……. 아, 저렇게 멋진 남자는 처음 봐.'

테세우스 뒤에 서 있던 파이드라는 히폴리토스를 향한 마음이 불타오르는 것을 느꼈다. 하지만 그런 마음을 이성으로 억누르려고 노력했다.

'저 사람은 내 남편의 아들이야. 이런 생각을 하면 안 돼.'

하지만 이성의 목소리로는 에로스의 화살을 막을 수 없었다. 파이드라는 히폴리토스를 만나 이야기를 하고 사랑을 나누고 싶었다. 파이드라의 몸과 마음은 뜨겁게 달아올랐다. 그녀의 시선은 온통 히폴리토스에게 고정되어 움직이지 않았다. 신에게 올리는 제사를 준비하는 동안 궁전에 머무는 히폴리토스를 보면서 파이드라는 입맛이 뚝 떨어졌다. 그 어떤 것도 먹고 싶지 않았다. 자나 깨나 오로지 히폴리토스만 생각났다. 그와 한 번이라도 대화를 나누고 싶고, 그와 한 번이라도 사랑을 나누고 싶었다.

제사가 끝난 뒤 기회를 엿보고 있는데 히폴리토스가 그만 트로이젠으로 재빨리 돌아가버렸다. 자신이 사랑하는 히폴리토스가 눈앞에서 사라지자 파이드라는 거의 실성할 지경에 이르렀다. 히폴리토스를 한 번만 더 보고 싶다는 생각에 파이드라는 변장하고 트로이젠까지 찾아갔다. 그녀는 아프로디테의 신전 뒤에 숨어서 운동하고 있는 히폴리토스를 훔쳐봤다. 히폴리토스는 여전히 멋있었다. 청년들과 어울려 운동을 하는데 모든 종목에서 뛰어난 모습을 보였다. 사람들은 그런 히폴리토스를 찬양했다. 신전 기둥 뒤에 숨어서 이 모든 것을 바라보던 파이드라는 아테네로 돌아갈 수밖에 없었다. 차마 나서서 그에게 사랑을 고백할 수는 없었기 때문이다.

'아, 이 마음을 어쩌지?'

파이드라의 사랑은 더욱 커지기만 했다. 얼마 뒤 아테네에서 큰 축제가 열렸다. 히폴리토스도 초대를 받았다. 테세우스와 파이드라, 그리고 히폴리토스 모두 주빈석에 앉았다. 행진하는 사람들이 말과 소, 그리고 꽃다발로 장식한 마차를 이끌고 음악에 맞춰 주빈석 앞을 지나갔다. 길가에 선 사람들은 꽃을 뿌리며 춤을 췄다. 커다란 축제였다. 주빈석에 앉아 있는 내내 파이드라는 뛰는 가슴을 억누를 수 없었다. 간신히 진정하고 궁으로 돌아갔지만 아무리 잊으려 해도 눈앞에 어른거리는 잘생긴 히폴리토스의 얼굴이 지워지지 않았다. 사람들 사이에서 히폴리토스가 무슨 일을 하는지 끊임없이 지켜보던 파이드라는 가슴을 쥐어뜯었다.

"아, 지금 이게 무슨 짓이란 말인가!"

어떻게든 그런 상황에서 벗어나보려고 애를 썼지만 불가능했다. 그때 그 누구에게도 길들여진 적 없는 검은 말이 나타났다.

"내가 저 말을 길들여보겠다."

다들 두려워서 가까이 다가가지 못하는데 히폴리토스가 멋지게 고삐를 잡고 올라탔다. 한 번도 사람을 태운 적 없는 말이 미친 듯이 발버둥 쳤지만 히폴리토스는 능숙하게 고삐를 붙잡고 말 등에 착 달라붙었다. 아무리 난리를 쳐도 히폴리토스가 떨어지지 않자 마침내 말은 순하게 길들어버렸다.★ 그 모습을 본 사람들은 모두 환호했다. 야생마를 길들인 잘생긴 왕자라니. 누구나 한눈에 반할 만큼 멋진 모습이었다. 파이드라의 사랑은 폭발해버렸다.

"저렇게 멋진 남자와 대화 한 번 못 해보다니, 이건 있을 수 없는 일이야. 내 마음을 고백해야겠어. 테세우스건 누구건 나의 사랑을 가로막을 순 없어!"

파이드라는 완전히 정신이 나가버렸다. 성대한 축제는 밤늦게서야 끝났다. 모두 숙소로 돌아가자 파이드라는 조용히 히폴리토스를 찾아갔다.

"어머니, 무슨 일로 오셨습니까?"

히폴리토스는 여유 있는 모습으로 파이드라를 의자로 안내했다.

"히폴리토스, 나의 간절한 마음을 들어주겠느냐."

"분부만 하십시오. 무슨 말씀이든지 따르겠습니다."

"정말 이런 말을 하기가 괴롭구나. 하지만

여기서
잠깐!!

거칠기만 한 명마를 길들여 자기 것으로 만들었다는 이야기는 정말 쉽게 찾아볼 수 있어. 인간의 삶에 말이 끼친 영향이 얼마나 큰지 보여주는 것 아닐까. 알렉산더 대왕은 어렸을 때 아무도 탈 수 없는 말을 길들였어. 우리나라에도 고주몽이 몰래 길들인 명마를 타고 도망쳐 고구려를 건국했다는 이야기가 주몽 설화에 나와. 말을 길들이는 능력은 동서고금을 막론하고 그 사람의 영웅적인 면모를 확인할 수 있는 증표였던 것을 알 수 있는 대목이야.

말하지 않으면 내가 죽을 것만 같다. 내 곁에 계속 있어주렴. 이제 그 어디에도 가지 마라."

"예? 그게 무슨 말씀이세요?"

"나는 너의 아버지를 사랑하지 않아."

히폴리토스는 놀라고 당황했다.

"히폴리토스, 아프로디테 여신도 우리를 축복해주고 있어. 에로스가 내 가슴에 화살을 쏘았단다. 넌 아테네의 왕이 되어야 돼. 나는 네 아내가 되겠어."

파이드라의 말이 끝나자마자 히폴리토스는 자리를 박차고 일어났다.

"어머니! 정신을 차리십시오. 대체 무슨 말씀이십니까?"

"너희 아버지는 낙소스에서 내 여동생 아리아드네를 버렸어. 목숨을 구해준 여자를 버리고 돌아온 의리 없는 남자야. 나의 어머니, 너희 어머니도 그 때문에 죽었지. 이제 나를 죽일지도 몰라. 나와의 사랑이 식었거든. 그러니 히폴리토스, 나랑 같이 멀리 도망가자. 아니, 그냥 아테네의 왕이 되어줘."

그녀는 제정신이 아니었다. 파이드라는 자신의 사랑을 고백하느라 무슨 말을 하는지도 모르면서 마구 지껄였다.

"나는 네가 없으면 잠도 잘 수 없고, 아무것도 먹을 수 없어. 제발 나의 사랑을 받아줘, 히폴리토스."

파이드라는 아름다움에 있어서만큼은 그 누구도 따라올 수 없을 정도였다. 여전히 젊고 몸매도 빼어났다. 그녀는 자신의 미모에 히폴리토스가 넘어올 거라고 단순하게 생각했다. 하지만 히폴리토스는 파이드라의 말을 듣더니 차가운 얼굴로 자리에서 벌떡 일어났다.

"어머니! 어째서 이런 말씀을 하십니까? 영웅이신 우리 아버지를 배신하시겠다고요? 이 귀를 씻어내고 싶습니다. 아버지가 어떤 분입니까? 신들의 찬양을 받는 위대한 영웅이십니다. 그런 영웅을 배신하고 어머니와 결혼하라고요? 게다가 저는 아르테미스 여신을 추앙하고 있습니다. 순결의 여신이지요. 여신을 배신하고 불륜을 저지르라는 말씀이십니까? 절대 있을 수 없는 일입니다. 부끄러운 줄 아십시오. 더 이상 아무 말도 하지 않을 테니 어서 돌아가십시오."

히폴리토스는 문을 벌컥 열더니 단호한 모습으로 파이드라가 방에서 나가기를 기다렸다. 결과론적인 이야기이지만, 히폴리토스는 너무 순수해서 여자의 무서움을 미처 알지 못했다. 여자가 한을 품으면 오뉴월에도 서리가 내리는 법. 파이드라의 마음에 있던 모든 뜨거운 열정과 애정은 순식간에 차가운 복수심으로 바뀌고 말았다. 참을 수 없는 수치심에 파이드라는 울면서 두 손으로 얼굴을 가리고 밖으로 뛰쳐나갔다.

"아아아!"

그녀는 비명을 지르면서 궁전 깊은 곳에 숨어버렸다.

히폴리토스 역시 크나큰 충격을 받았다.

'아, 어떻게 이럴 수 있단 말인가. 저런 음탕한 여자가 새어머니라니. 불쌍한 우리 아버지.'

히폴리토스는 신에게 자비를 빌었다.

"제우스 신이시여, 제 입을 봉해주소서. 이 사실을 절대로 아버지가 알 수 없도록 저를 단속해주소서. 또한 왕비께서 스스로 깨달을 수 있게 해주소서. 부디 지혜를 주셔서 자신이 어떤 실수를 저질렀는지 깨닫고 이 모든 일을 잊어버리게 해주소서."

그날 밤 차가운 시간이 흘러갔다. 한참 동안 어둠 속에 엎드려 있던 파이드라는 비로소 제정신이 들었다. 가슴에 꽂혔던 에로스의 화살은 녹아서 흘러내렸고, 그녀의 가슴은 냉랭한 증오심으로 가득 차올랐다. 히폴리토스가 한심하다는 듯 자신에게 경멸의 눈초리를 보내며 쏘아붙였던 말들이 귓가에 쟁쟁하게 울려 퍼졌다. 그러다가 갑자기 두려워졌다. 그가 테세우스에게 가서 다 일러바치는 순간, 자신은 파멸을 맞을 게 뻔했다.

'좋아. 어차피 죽을 바에는 모두 다 죽이고 모두 다 파멸시켜버리고 말겠어.'

파이드라는 입고 있던 옷을 찢었다. 그러곤 뾰족한 것으로 자신의 몸 여기저기에 마구 상처를 내고 머리카락을 잔뜩 헝클어뜨린 뒤 피 흘리는 모습 그대로 방에서 뛰쳐나가며 비명을 질렀다.

"살려다오! 도와다오!"

순식간에 달려온 시종들이 눈을 동그랗게 뜨고 물었다.

"이게 어찌 된 일입니까, 왕비님?"

파이드라는 흐느끼며 거짓말을 했다.

"왕자가 나를 따라 방에 들어오더니 나를 그만……."

순간, 시종들과 시녀들은 모두 경악했다.

"아니, 히폴리토스 왕자님이 그럴 리 없습니다. 잘못 보신 것 아닙니까?"

"나를 봐라. 나는 간신히 그의 손아귀에서 빠져나왔다. 그가 나를 겁탈하려고 했단 말이다."

히폴리토스가 자신을 욕보이려 했다고 말한 뒤 파이드라는 남편 테세우스에게 황급히 편지를 썼다. 물론 그 편지에는 거짓된 내용이 담겨 있었다.

사랑하는 당신.

나는 당신과 영원히 함께 살려고 했어요.

하지만 불미스러운 일로 저는 죽을 수밖에 없게 됐습니다.

당신이 행복하게 살기를 저승에 가서도 빌겠어요.

파이드라는 편지를 남긴 뒤 대들보에 밧줄을 걸고 목을 매달아 그대로 자살하고 말았다. 밤새 궁전은 뒤집어졌다. 잠을 자던 테세우스는 이 끔찍한 사실을 전해 들었다.

"뭐라고? 왕비가 죽었다고? 믿을 수 없구나."

"어서 와보십시오. 이건 왕비님께서 남긴 유서입니다."

테세우스는 온몸이 얼어붙는 것만 같았다. 도저히 믿을 수 없는 일이 벌어진 것이다. 하지만 파이드라는 벌써 죽은 뒤였다. 남자와 여자의 관계에 대해서라면 너무나도 잘 알고 있는 자신 아니던가. 파이드라는 아직도 생생한 젊음이 고스란히 남아 있는 아름다운 여인이고, 자신은 한창때가 지나 저물어가는 노인이었다. 그런데 히폴리토스는 그 어떤 여인도 한눈에 반할 만큼 매력적인 청년이었다. 테세우스는 히폴리토스가 자신의 새어머니를 탐하는 패륜을 저질렀을 리 없다고 자신 있게 말할 수 없었다.

"아, 그렇다 한들 내 아들을 내가 죽일 순 없다. 그를 아테네에서 추방하라. 다시는 그를 보고 싶지 않구나."

아버지로서 그나마 지혜로운 판단을 한 거였다. 이 소식을 들은 히폴리토스는 황급히 아버지 앞으로 달려갔다. 소명할 기회를 얻기 위해서였다.

"아버지! 아버지께서 저를 잘못 보신 겁니다. 저는 결코 그런 사람이 아닙니다. 저는 아르테미스 여신에게 순결을 맹세했습니다. 저는 아무 잘못도, 부끄러운 짓도 하지 않았습니다."

히폴리토스는 입을 다물고 말하지 않으려 했던 그날 밤 일을 사실 그대로 털어놓았다. 하지만 분노와 증오에 눈이 먼 테세우스에게는 아무 말도 들리지 않았다.★

"듣기 싫다! 너는 신을 속이고 아비를 속였다. 게다가 새어머니를 배신한 비열한 놈이다. 네가 왕비를 죽인 것이나 마찬가지다. 당장 내 눈앞에서 사라져라!"

히폴리토스는 자신이 어떻게 해볼 수 없을 정도로 상황이 꼬였다는 사실에 절망했다.

"아버지, 좋습니다. 아무 거리낄 것이 없으니 신 앞에 맹세하겠습니다."

"듣기 싫다."

"제우스 신의 이름으로 맹세하겠습니다. 만일 저에게 조금이라도 잘못이 있다면 저는 가장 비참한 모습으로 죽을 겁니다. 들판에서 새들에게 뜯어먹혀 장례식조차 필요 없는 죽음을 맞을 겁니다."

"아, 듣기 싫다. 더 이상 거짓말하지 마라. 왕비가 남긴 유서가 있고 증거가 있다. 은혜도 모르는 놈 같으니라고. 당장 내 눈앞에서 사라져라. 다시는 네놈 얼굴을 보고 싶지 않다."

히폴리토스는 진실을 밝히기 어렵다는 걸 깨달은 뒤 입을 다물었다. 그는 마구간으로 가서 자신의 마차에 말을 맨 뒤 그대로 펠로폰네소스를 향해 떠나버리고 말았다.

"왕자님께서 떠나셨습니다."

시종들이 찾아와 테세우스에게 이 사실을 보고했다. 분노에 사로잡힌 테세우스는 어떻게든 원한을 갚고 싶다는 생각에 이성을 잃고 말았다. 그는 자신을 지켜주는 포세이돈 신에게 기도를 올렸다.

"아버지 포세이돈 신이시여, 지금 제 아들 히폴리토스가 저에게 씻을 수 없는 모욕을 주고 떠났습니다. 그가 결코 목적지에 도착하지 못하게 해주십시오."

아버지로서 아들에게 해서는 안 될 기원을 한 거였다. 지혜롭고 총명한 테세우스도 나이

여기서
잠깐!!

자신이 원하는 대로 정보나 사물을 인식하고 판단하는 것을 '확증편향'이라고 해. 자기 판단이 무조건 옳다고 생각하는 거지. 자기가 믿는 대로 행동하기 때문에 많은 문제가 생길 수밖에 없어. 확증편향에 사로잡히면 옳은 정보를 줘도 믿지 않거나 그른 정보를 줘도 믿어버려. 〈라쇼몽〉이라는 일본 영화가 있어. 하나의 살인 사건을 서로 다르게 기억하는 세 사람의 이야기를 통해 확증편향에 따른 기억의 재해석이 어떤 것인지 보여주지. 테세우스 역시 아내와 아들에 대한 확증편향이 있었던 것 같아. 아내 파이드라는 젊고 아름답기에 언제고 다른 남자를 만날 수 있고, 아들 히폴리토스는 언제든 자신을 속일 수 있다고 생각했기에 이렇게 대화가 되지 않았던 건 아닐까.

가 들자 상황 판단을 하지 못할 정도로 총기가 흐려진 것이다. 좀 더 자세히 알아보고 해가 뜬 뒤 차분해진 상태에서 판단했더라면 그런 실수는 없었을 것이다. 빨리 처리할수록 좋은 일도 있지만, 때로는 자세히 알아보고 느긋하게 판단해야 하는 일도 있는 법이다. 특히 중요한 문제는 더더욱 그렇다.

아버지가 아들을 저주하는 기원을 하면서 히폴리토스의 운명은 결정되어버리고 말았다. 그의 앞에는 죽음만이 기다리고 있을 뿐이었다. 이 사실을 알지 못하는 히폴리토스는 분을 삭이며 산과 바다로 나 있는 길을 따라 마차를 달렸다. 원망과 슬픔의 눈물이 끊임없이 흘러내렸다.

"아, 신이시여, 저에게 왜 이런 시련을 주십니까?"

세상에서 가장 답답한 것이 억울한 마음이다. 하물며 그를 이런 억울한 처지에 내몬 사람이 남도 아닌 자신의 아버지였다. 아버지로서뿐만 아니라 아테네를 구한 최고의 영웅으로서 테세우스를 존경하고 사랑했던 히폴리토스는 도저히 마음을 가라앉힐 수 없었다. 히폴리토스는 가슴이 터질 것처럼 너무나 슬프고 억울해서 그 자리에서 죽음으로 자신의 결백함을 증명하고 싶었지만 그럴 순 없었다. 그는 바다 옆 절벽 길을 달리며 끊임없이 채찍을 휘둘렀다.

"이랴!"

거칠 것 없이 달리며 느껴지는 속도감이 그나마 답답한 속을 달래주었다. 그때 갑자기 파도가 높아지기 시작했다. 파도가 앞에 있는 바위에 거세게 부딪히는 것을 보며 히폴리토스는 조심해서 마차를 몰았다. 그런데 파도 속에서 갑자기 시커먼 황소 한 마리가 모습을 드러내는 것 아닌가. 뜨거운 콧김을 내뿜으며 옆으로 다가오는 황소를 보고 말들은 깜짝 놀랐다.

"히히히힝!"

말들이 비명을 지르며 뛰어올랐다. 히폴리토스는 재빨리 고삐를 잡아당기며 능숙하게 마차를 몰았다. 자칫 잘못하면 말과 함께 그대로 바다에 빠져 죽을 것만 같았다.

"워워!"

히폴리토스는 말들을 진정시키면서 마차를 모는 데 집중했다. 하지만 파도를 타고 땅에 올라온 황소가 뒤에서 거칠게 추격해 오는 것 아닌가. 괴물 황소가 쫓아오자 말들의 속도는 더 빨라졌다. 바위와 거친 돌멩이가 길을 막았지만 마차는 뒤집힐 것처럼 흔들리면서도 계속 달렸다. 히폴리토스는 코린토스를 향해 달렸다. 괴물 황소는 한참 동안 쫓아오다가 지쳐 나가떨어졌다. 그 순간, 온 힘을 다해 달려가던 말이 그만 옆에 있는 마른 가지에 부딪혀 비틀거렸다. 마차는 순식간에 허공으로 튀어올라 바위에 부딪히더니 산산조각 나버렸다. 히폴리토스는 채찍과 말의 사지에 뒤엉킨 채 돌바닥에 내팽개쳐졌다. 전력으로 달려오던 속도를 못 이기고 앞으로 튕겨 나간 히폴리토스는 그만 온몸의 뼈가 산산이 부서져버렸다. 예상치 못한 사고였다. 그 모습을 본 아르테미스 여신은 황급히 테세우스의 궁전으로 가서 그의 앞에 나타났다.

"테세우스! 어서 내 마차에 올라라! 네가 한 기도가 어떤 결과를 빚었는지 네 눈으로 직접 보거라."

테세우스는 두려움에 떨며 아르테미스의 마차에 올랐다. 마차는 하늘을 날아 순식간에 히폴리토스가 죽어가고 있는 곳에 도착했다.

"저 모습을 봐라. 너의 어리석음으로 인해 순결하고 아무 죄도 짓지 않은 네 아들이 저렇게 참혹한 모습으로 죽어가고 있다. 정녕 이것이 네가 원한 것이냐?"

테세우스는 너무 놀랐다. 그는 마차에서 내려 피 흘리는 히폴리토스를 끌어안고 절규했다.

"아들아! 이 못난 아비를 용서해라!"

죽어가던 히폴리토스는 간신히 머리를 들어 올리고 눈물을 흘렸다.

"아, 아버지, 울지 마십시오! 저는 아버지를 사랑합니다. 죽더라도 아버지를 잊지 않겠습니다. 아버지, 만수무강하십시오."

"아들아! 죽지 말아라! 아들아!"

테세우스는 통곡했지만 이미 때는 늦은 뒤였다. 히폴리토스의 몸에서 영혼이 빠져나갔다.* 자신에게 조금이라도 잘못이 있다면 가장 비참한 모습으로 죽겠다는 그의 맹세는 이루어졌다. 그의 잘못이 있다면 어머니 파이드라의 마음을 조금도 헤아리지 못하고 강경하게 뿌리친 것이라 하겠다.

히폴리토스가 죽자 아르테미스는 그의 시체를 트로이젠의 숲으로 가져가 묻어주었다. 테세우스도 같이 가서 땅을 파며 그곳이 어디인지 표시해두었다.

"이곳에 우리 아들을 기리는 사당을 짓겠습니다."

궁으로 돌아온 테세우스가 명령해 그곳에는 아름다운 사당이 하나 지어졌다. 그 뒤로 사람들은 순결한 청년 히폴리토스를 오래도록 기억하며 결혼할 때 히폴리토스의 사당에 와서 예물로 머리카락을 한 움큼 잘라 바치며 축복을 기원했다.

한편, 트로이젠 사람들은 히폴리토스가 억울하게 죽었다는 사실을 믿을 수 없었다. 그의 시체를 보지도 못했고, 어떻게 죽었는지도 자세히 알지 못했기 때문이다. 신들은 히폴리토스를 불쌍히 여겨 하늘의 별자리로 만들어주었다. 마부자리는 바로 마차를 몰고 열심히 달리던 히폴리토스의 형상을 딴 별자리다. 그 별자리를 보며 사람들은 아름다운 청년 히폴리토스를 기억했다.

여기서 잠깐!!

아르테미스 여신은 히폴리토스의 죽음에 큰 충격을 받았어. 그래서 어떻게든 그를 살려내겠다고 결심하고 죽은 사람도 살려낸다는 의술의 신 아스클레피오스를 불렀지. 히폴리토스가 되살아났지만 우주의 법칙을 어긴 게 두려웠던 여신은 그의 이름과 얼굴, 나이를 다 바꿔버렸어. 하지만 제우스의 눈을 속일 수는 없었지. 제우스는 분노했지만, 영원한 생명을 가져버린 히폴리토스를 죽일 수는 없었어. 대신 그를 살려낸 아스클레피오스를 벼락으로 죽여버렸어. 아스클레피오스는 억울했겠지만, 신들의 분노는 이처럼 인간의 운명을 바꿔버리기도 해. 한편, 히폴리토스의 죽음은 많은 사람에게 영감을 주며 영화나 소설의 소재로 사용되었어. 영화 〈페드라〉는 바로 이 이야기를 바탕으로 만들어졌지. 그런데 영화 내용은 신화와 조금 달라. 아들이 의붓어머니와 진짜로 사랑에 빠져 고뇌하는 내용인데, 남녀간의 사랑이 윤리와 도덕으로 인해 불행한 결말을 맞는다는 점에서는 일맥상통한다고 볼 수 있어.

3

냉혹한 아르테미스

　히폴리토스에게는 흔들림 없는 관대함과 사랑을 보여준 아르테미스였지만, 여신으로서 단호하고 잔인한 면모를 가지고 있기도 했다. 신들이 정해놓은 법과 관련된 경우에 바로 그런 모습을 보였다. 신들의 법은 여러 가지가 있는데, 인간들은 아직까지 그 내용을 완전히 알지 못한다. 만약 안다면 이 우주가 어떻게 만들어진 것인지 등 우리가 사는 세상이 지금의 모습을 갖게 된 이유와 그 과정을 모두 이해할 수 있을 것이다. 수많은 법칙 중 일부는 알 수 있는데, 그중 하나는 다음과 같다.

누구든 신의 몸을 몰래 숨어서 보거나 원치 않을 때 본 자들은 반드시 죽임을 당할 것이다.

한마디로 신들은 자신이 원할 때면 언제든 인간들 앞에 나타날 수 있지만, 인간들은 함부로 신을 엿보거나 숨어서 살펴봐선 안 된다는 뜻이다. 이것은 크로노스가 이 세상을 지배하던 시대부터 내려온 법이다. 그런데 무슨 일이든 하지 말라고 막으면 더 하고 싶어지는 법이다. 남다른 아름다움을 지닌 신들에게 매료된 인간들의 무모한 시도가 계속되는 가운데, 용맹하고 잔인한 순결의 여신 아르테미스에 의해 사람들이 이 법을 경계하게 된 놀라운 사건이 일어나고 만다.

무더운 여름날, 아르테미스는 자신이 좋아하는 숲에서 즐거운 시간을 보내다가 요정들에게 이야기했다.

"우리 숲속의 샘에서 목욕이나 할까?"

"좋아요. 좋아요, 여신님!"

더위에 지친 그들은 시원한 샘가에서 목욕할 생각에 들떴다.

"이 샘은 사람들도 간혹 오는 곳이니까 여기 말고 나만 아는 비밀 장소로 가자."

요정들과 아르테미스는 키타이론산의 동굴로 갔다. 사람들이 신들의 은밀한 사생활을 엿보는 것을 원치 않았기 때문이다. 아르테미스는 순결한 처녀의 상징이었기에 더욱 조심스러웠다. 여신과 요정들은 얼핏 봐서는 안에 무언가 있을 거라고 여겨지지 않는, 수풀로 가려진 동굴 안으로 들어갔다. 동굴 속에는 여신의 말대로 수정처럼 맑고 시원한 물이 가득한 커다란 샘이 있었다. 아름다운 여신과 요정들은 옷을 벗어서 잘 개어놓고 물속에 들어가 물장구를 치거나 자맥질하면서 즐거운 시간을 보냈다. 더위가 싹 달아나는 것만 같았다.

"어머, 여신님! 물 뿌리지 마세요."

"호호! 어떠냐?"

그들은 깔깔거리며 즐거운 한때를 보냈다. 그런데 이때 부근에 한 무리의 남자들이 지나가고 있었다. 테베의 왕자 악타이온이 이끄는 사냥꾼 무리였다.

"아, 목이 타는구나."

활달한 성격의 악타이온은 일행보다 앞서 자신의 사냥개들을 이끌고 숲을 헤쳐 나갔다. 하루 종일 사냥감을 찾아다녔던 터라 그는 심한 갈증을 느끼고 있었다.

'아, 목이 타는구나. 이 부근에 어디 물이 있는 곳이 없을까?'

깊은 산속에서 쉽게 물을 찾을 수 있을 리 없었다. 그런데 그의 예민한 후각에 축축한 습기가 느껴졌다. 말에서 내린 그는 개들을 놔두고 물 냄새가 어디서 나는 것인지 헤매다가 덤불 뒤에 있는 동굴을 발견했다.

'아, 동굴 속에 물이 고여 있는 모양이로구나. 그 물이라도 좀 마시고 가야겠다.'

악타이온은 겁 없이 동굴 속으로 성큼성큼 들어갔다. 몇 걸음 안으로 들어가자 시원한 물 냄새가 풍겨 왔다. 서둘러 물을 마시러 달려가는 순간이었다.

"어!"

그는 아름다운 여인들이 목욕하는 장면을 보고 말았다. 바로 아르테미스와 요정들이었다. 늘씬하고 아름다운 여신의 몸매는 어둠 속에서 빛을 뿜어내는 듯했다. 물에서 나오는 여신의 온몸을 악타이온은 고스란히 눈에 담았다. 남자에게 한 번도 보인 적 없는 순결한 아르테미스의 몸이 남자의 시선에 의해 더럽혀진 것이다.

"까악!"

"저기 사람이 있어요!"

요정들이 달려오며 비명을 질렀다. 황급히 여신의 몸을 가리려 했지만, 때는 늦은 뒤였다. 악타이온이 이미 모든 것을 본 것이다. 여신은 뒤늦게 멍하니 자신을 바라보는 악타이온과 눈이 마주쳤다. 요정들이 가려줘서 간신히 몸을 숨겼지만, 아르테미스는 자신의 모든 것이 이미 인간의 뇌리에 새겨졌다는 사실에 견딜 수 없이 화가 치밀었다.

"이놈! 네놈은 어디서 갑자기 튀어나와 감히 나의 몸을 훔쳐보는 것이냐? 용서할 수 없다!"

악타이온은 무릎을 꿇었다.

"용서하십시오! 잘못했습니다. 감히 여신님의 몸을 훔쳐보려고 숨어든 것이 아닙니다. 단지 사냥을 하다가 목이 말라 물을 마시러 왔을 뿐입니다."

하지만 여신의 분노는 걷잡을 수 없었다.

"얼토당토않은 핑계로구나. 좋다. 사냥을 나왔다고? 네놈을 짐승으로 만들겠다. 그동안 얼마나 많은 동물들을 죽였는지 모르겠지만, 네놈도 한번 그대로 당해봐라. 네놈이 수없이 잡아 죽인 사냥감이 되어 사냥꾼의 날카로운 화살과 날랜 사냥개들에게 쫓기며 감히 나의 벌거벗은 몸을 네 눈에 담았다고 떠들고 다녀보거라."

여신의 말이 끝나자마자 귀가 늘어나고 머리에서 뿔이 치솟더니 악타이온은 순식간에 사슴으로 변해버렸다. 너무 놀란 나머지 악타이온은 덤불을 헤치고 무작정 동굴 바깥으로 뛰쳐나갔다. 그런데 악타이온이 동굴 밖으로 나오자마자 그늘 속에서 허덕이며 주인을 기다리던 사냥개들이 사납게 짖어대기 시작했다.

"컹컹!"

사냥개들은 사슴을 보자마자 본능적으로 쫓아왔다.

"안 돼! 나는 너희들의 주인이다! 쫓아오지 마라!"

그러나 그의 말은 사람의 말이 아니라 사슴이 울부짖는 소리로 들릴 뿐이었다. 목마름과 배고픔에 허덕이던 사냥개들은 튼실한 사슴이 눈앞에서 뛰어가자 사납게 달려들어 그대로 목덜미를 물어뜯더니 뿜어져 나오는 피로 갈증을 해소했다. 악타이온이 쓰러지자 개들은 사냥감을 자랑하려는 듯 주인을 찾아 짖어댔다.★

"컹컹!"

하지만 개들에게 다가와 칭찬해줄 주인은 그 어디에도 없었다. 자신들이 물어뜯고 있는 사슴이 그 주인이라는 것을 개들이 알 리 없었다. 뒤늦게 온 산에 악타이온을 찾는 소리가 울려 퍼졌다.

"왕자님, 어디 계십니까? 왕자님!"

하지만 그 누구도 악타이온을 찾을 수 없었다. 사슴 한 마리가 무참히 물어뜯겨 죽은 것을 봤을 뿐이다. 그 사슴이 아르테미스의 몸을 본 대가로 죽게 된 악타이온인 줄은 아무도 알지 못했다.

아르테미스가 그토록 화를 낸 이유가 있었다. 여인의 순수함은 고결한 것이어서 재미 삼아 함부로 혹은 흥밋거리로 훔쳐보거나 더럽혀서는 안 된다는 것을 상징적으로 보여주려 한 것이다. 이렇게 아르테미스는 인간들에게 큰 사랑을 주기도 했지만, 자신의 순결함과 고결함을 지키기 위해 엄하게 인간들을 응징하기도 했다.

여기서 잠깐!!

악타이온의 죽음에 대해선 완전히 다른 이야기도 전해져. 제우스가 사랑한 세멜레에게 추근대다 제우스의 저주를 받아 죽었다는 이야기도 있어. 또 다른 이야기로, 자신의 사냥 솜씨가 아르테미스보다 뛰어나다고 오만하게 호언장담하다가 사냥의 여신 아르테미스의 노여움을 사서 죽었다고도 전해져. 젊은 악타이온의 죽음을 안타깝게 여겼기에 이런 이야기들이 만들어진 게 아닌가 싶어.

4

신들의 대장장이 헤파이스토스

제우스와 사랑을 나눈 헤라는 임신을 했다. 신들의 어머니이기도 한 헤라와 신들의 아버지 격인 제우스 사이에서 아기가 생겼으니, 얼마나 잘생기고 뛰어난 아기가 태어날까 주변의 신들은 모두 크게 기대했다.

"어떤 아기가 태어날까?"

"정말 귀엽고 잘생긴 아기일 거야."

그도 그럴 만한 것이 신과 신이 결합해서 아기를 낳는 것은 처음이었기 때문이다. 이 아기는 올림포스의 아기이기도 했다. 모든 신들이 기대에 들떴다. 다들 아기를 보기도 전부터 사랑에 빠졌다. 헤라 역시 아기를 낳을 날만 기다리며 기분 좋은 설렘을 만끽하고 있었다.

'아기야, 내 사랑하는 아기야. 너를 낳고 나서 내가 너를 얼마나 자랑스러워할지 모르지? 건강하게만 태어나다오.'

이렇게 아기에게 말을 건네며 태교에도 무척 신경을 썼다. 그러다 마침내 9개월이 꽉 찼다. 헤라는 진통 끝에 아기를 낳았다.

"응애! 응애!"

아기가 우렁차게 울었다.

"여신님, 아드님이세요!"

"정말 잘생긴 아기님이에요. 어머, 그런데……."

출산을 도와주던 여신들이 한목소리로 기뻐하다가 갑자기 얼굴이 굳어졌다. 그 모습을 본 헤라는 가슴이 덜컥 내려앉았다.

"왜 그러느냐? 무슨 일이냐?"

출산의 고통에 지친 헤라였지만 여신들에게 다급하게 물었다.

"그게…… 저……."

아무도 선뜻 나서서 입을 떼지 않았다.

"빨리 말해라! 우리 아기에게 무슨 일이 생긴 거냐? 그런 것이냐?"

"그게 아니고요……. 아기님을 보세요."

헤라의 출산을 도와주던 여신들이 아기를 들어 올렸다.

"응애! 응애!"

아기가 앙칼지게 울었다. 아기의 모습을 본 헤라는 충격을 받았다. 한쪽 다리가 유달리 가늘고 짧은 게 아닌가. 아기를 낳을 때 너무 오랜 시간 배 속에서 고생하다가 한쪽 다리가 눌린 것이다. 그 결과, 아기는 한쪽 다리를 잘 움직일 수 없는 상태로 태어났다.

"이럴 수가……! 그동안 내가 얼마나 기대하면서 아기를 기다렸는데……."

자신이 낳은 아기가 장애를 갖고 있다는 사실에 헤라는 실망했다.

"이런 아기를 낳다니. 보기 싫다. 당장 내 눈앞에서 치워라!"

아기의 이름은 헤파이스토스. 위대한 신들 사이에서 태어난 신이었지만 아기는 어머니에게 사랑을 받기는커녕 모욕감과 분노만을 일으켰다.

"하지만 저희들이 감히 어찌……."

여신들이 머뭇거리는 것을 본 헤라는 벌떡 일어났다.

"내가 낳은 아이니까 내가 치우겠다."

헤라는 갓 태어난 아기를 번쩍 들더니 올림포스산 저 멀리 던져버렸다. 헤라가 느낀 실망감과 배신감은 너무나도 컸다. 출산을 돕던 여신들은 서둘러 뿔뿔이 흩어졌다. 올림포스에는 우울한 기운이 감돌았다. 아기에 대해서는 더 이상 아무도 입을 열지 않았다. 마치 헤라가 아기를 낳은 적 없는 것처럼.

그런데 버려진 아기는 어떻게 됐을까. 헤라가 얼마나 힘껏 던졌는지 아기는 한참 동안 날아갔다. 땅에 떨어질 기미도 없이 계속 날아가다가 이틀 뒤 새벽이 되어서야 서서히 땅으로 내려오다가 바다에 빠지고 말았다. 평범한 인간의 아기였다면 살 수 없었겠지만, 헤파이스토스는 신이었기에 바다에 빠졌어도 신들의 보호를 받을 수 있었다. 바다의 여신 테티스와 에우리노메가 아기를 받아주었다.

"못생기고 다리가 불편하다지만 신은 신이야."

"우리가 돌봐주자."

"그래."

헤파이스토스가 물에 빠지자마자 재빨리 아이를 건져 올린 그들은 바닷속 동굴로 갔다.

"이곳에서 키우면 안전할 거야."

그곳에서 그들은 어린 신을 정성껏 키웠다. 비록 장애를 가졌지만 헤파이스토스는 어머니에게 버림받을 이유가 하나도 없는 똑똑한 신이었다. 헤파이스토스는 두 여신을 존경하고 사랑했다. 자신에게 무한한 사랑을 주는 여신들을 따르고 그들의 가르침을 받으며 헤파이스토스는 무럭무럭 자라났다. 자라면서 세상을 알게 될수록 그의 호기심은 커져만 갔다. 물속에서 생활하다 보니 헤파이스토스는 수영도 잘하고 민첩하기가 이를 데 없었다. 바다의 여신들은 그런 헤파이스토스를 보면서 말했다.

"헤파이스토스는 바다의 신이 될 것 같아."

"맞아. 이 드넓은 바다의 한쪽을 차지하는 통치자가 될 게 분명해."

그대로 자랐다면 헤파이스토스는 분명히 여신들이 예견한 대로 됐을 것이다. 하지만 일은 그렇게 흘러가지 않았다. 비록 몸은 바다에 있지만 그가 관심을 가지고 열망하는 곳은 바깥세상이었기 때문이다.

어느 날 헤파이스토스는 어두운 바닷속에 있다가 수면이 벌겋게 변하는 것을 봤다.

"저녁때도 아닌데 왜 수면이 붉게 변하는 거지?"

헤파이스토스는 헤엄쳐서 수면 위로 올라갔다. 놀랍게도 산꼭대기에서 불꽃이 치솟고 있었다. 화산이 폭발한 것이다. 바로 렘노스섬 해변이었다.

"와, 어마어마하구나!"

화산이 터져 용암이 뿜어져 나온 뒤에도 한참 동안 폭발음이 들려왔다. 헤파이스토스는 그날 밤새 화산이 폭발하는 모습을 감상했다. 너무나 엄청난 장관이었다. 대지가 울리고 흔들렸다. 화산에서 뿜어 나오는 연기가 올림포스산에 닿을 정도로 높이 치솟았다. 화산에서 쏟아져 나오는 용암은 대지를 온통 불태우고 바닥에 흘러내리며 뜨거운 김을 뿜어냈다. 용암은 이윽고 서서히 식더니 새로운 땅으로 변했다.

"저게 도대체 뭘까?"

궁금해서 가까이 다가가 만져보니 딱딱했다. 그 안에는 수없이 많은 광물질들이 녹아 있었다. 그 광물질들을 보면서 헤파이스토스는 생각했다.

'이 안에 단단한 금속들이 들어 있구나. 금속들만 골라내 뜨겁게 달군 뒤 잘 다듬으면 원하는 물건을 만들 수 있지 않을까?'

헤파이스토스는 용암으로 시험 삼아 동물 같은 형체를 만들어봤다. 열기가 빠지면서 그가 만든 물건들은 딱딱하게 굳었다. 헤파이스토스는 이것저것 만들면서 결심했다.

'차가운 바닷속에서 헤엄만 치고 다니는 건 너무 심심해. 흙 속의 금속들을 가지고 뭔가 쓸모 있는 것을 만들어보고 싶어.'

헤파이스토스는 물에서 나왔다. 육지로 올라온 그는 지팡이를 짚고 절룩거리며 부지런히 무언가를 만들기 시작했다. 가장 먼저 거친 철광

석을 정련해서 강한 쇠를 만들었다. 그 쇠의 이름을 '모루'라 지었다. 강철 모루에 다른 금속을 올려놓고 두들겨 무엇이든 만들 준비를 할 수 있었다.

땅! 땅!

헤파이스토스가 망치질하는 소리가 사방에 울려 퍼졌다.

헤파이스토스는 매일 이렇게 용암과 광석들을 새빨갛게 달구고 두들기며 대장장이 일을 했다. 그는 렘노스섬에 대장간을 만들고 땀을 흘리며 물건을 하나씩 고안하고 만들어냈다. 모든 일에는 훈련이 필요한 법이다. 처음에 만든 물건은 거칠고 투박했지만 시간이 흐르면서 점점 매끄러운 청동 방패나 창, 무기를 제작하기도 하고 각종 공예품을 만들기도 했다. 끊임없이 망치를 두들기다 보니 그의 등과 어깨와 팔뚝은 강철처럼 단단하고 두꺼워졌다. 온몸이 근육질로 변했다. 가끔 올림포스산에 올라가서 인사를 할 때면 그보다 더 굵은 팔을 가진 신은 찾아볼 수 없을 정도였다.

그러나 그의 다리는 여전히 불편했다. 한쪽 다리가 약했기에 지팡이를 짚고 다녀야만 했다. 다른 신들이 날아다닐 때 헤파이스토스는 절뚝거리며 걸었다. 하지만 헤파이스토스의 자존감은 전혀 상처 입지 않았다. 자신이 그 누구보다도 뛰어난 예술가이며 놀라운 기술을 가지고 있다는 자부심이 있었기 때문이다. 인간은 물론 신들 가운데서도 헤파이스토스처럼 뛰어난 기술과 세공 능력을 가진 자는 찾을 수 없었다. 금, 은, 동, 철, 구리 등 세상에 존재하는 모든 광물들을 가지고 그는 예술품을 만들어냈다. 특히 그는 구리에 이것저것 다른 금속을 섞어 무기

헤파이스토스

헤파이스토스는 불과 대장장이의 신으로, 모든 신들의 무기와 도구를 만드는 뛰어난 장인으로 알려져 있어. 그는 다리에 장애가 있어서 걸음걸이가 불편했어. 그럼에도 불구하고 신들의 무기를 만들고, 아름다운 장신구와 갑옷을 제작하는 데 있어 천재적인 재능을 발휘했지. 장애에 굴하지 않고 자신의 능력을 발휘하는 모습에서 큰 감동을 주는 신이야. 개인적으로 내가 가장 좋아하는 신이기도 해. 헤파이스토스는 어려움 속에서도 자신만의 길을 개척하고, 결국 신들 사이에서 중요한 역할을 하게 되었지.

를 만드는 데 뛰어난 솜씨를 보였는데, 당시 인간의 무기 중 그 어떤 것도 헤파이스토스가 만든 무기를 부수지 못했다. 테티스와 에우리노메는 헤파이스토스가 만든 물건들을 보고는 자신이 만든 것처럼 기뻐하며 진심으로 칭찬했다.

"어머나, 대단하구나."

"정말 훌륭하다, 헤파이스토스. 네가 정말 자랑스러워."

헤파이스토스는 자신을 키워준 여신들에게 감사한 마음을 표현하고 싶다는 생각이 들었다. 그는 다음 날부터 깊은 땅속에 있는 아름다운 보석들을 찾아내 반지나 목걸이 등 각종 장신구를 만들기 시작했다. 아름다운 장신구를 선물하자 여신들은 너무나 기뻐했다. 형형색색으로 반짝이는 보석들은 이제껏 볼 수 없었던 것일 뿐만 아니라 신이 만든 것이기에 아무리 강한 망치나 칼로 찍어도 흠집조차 나지 않았다. 여신들은 너무나 좋아하며 그 장신구들을 늘 몸에 걸치고 다녔다.

그러던 어느 날, 올림포스에서 신들의 연회가 벌어졌다. 나팔 소리가 울리자 헤파이스토스가 만들어준 장신구를 몸에 걸친 테티스와 에우리노메가 나타났다. 한껏 치장하고 올림포스로 올라간 것이다. 음악이 흘러나오는 가운데 제우스와 헤라를 위시한 모든 신들이 연회를 즐겼다. 다들 인사를 나누는데, 헤라의 눈에 테티스의 목과 머리에 걸친 장신구가 보였다.

"어머, 어디서 그렇게 예쁜 것을 구했느냐?"

가볍게 인사하고 지나가려던 헤라는 테티스의 목걸이와 머리띠, 그리고 팔찌를 부러운 듯 바라봤다.

"칭찬에 감사드립니다, 여신님. 그런데 자세히 말씀드리기가 조금 곤란합니다."

헤라가 버린 아들을 자신이 키웠다고 말할 수 없었기 때문이다.

"어서 말해라. 나도 이렇게 멋진 장신구를 갖고 싶구나. 내가 아는 예술가 중에 이렇게 멋진 것을 만드는 이는 이제껏 없었다."

헤라의 채근에 테티스는 더 이상 버틸 수 없었다. 그런데 한번 입을 열자 봇물이 터지듯 자랑이 쏟아져 나왔다.

"말씀드리겠습니다. 처음 들어보실 겁니다. 이걸 만든 신은 헤파이스토스입니다. 지금 제가 걸친 장신구는 아무것도 아닐 정도로 아름다운 물건을 만들어내는, 뛰어난 솜씨를 지녔지요."

"그러냐?"

"제 집에는 이것보다 10배, 100배 아름다운 장신구도 있답니다."

"그렇게 아름다운 물건을 왜 걸치지 않았느냐?"

"그 장신구들은 너무나 아름다워서 신들 사이에서 제가 지나치게 돋보일 것이기 때문에 이 정도가 적당하다고 생각했습니다."

"정녕 그 정도란 말이냐? 그런데 들어보지 못한 이름이구나. 헤파이스토스라고?"

"네, 맞습니다. 그런데 헤파이토스는 여신님도 잘 아는 신이랍니다."

"그럴 리 없다."

헤라는 헤파이스토스가 자신의 아들일 거라고는 꿈에도 생각하지 못하고 말했다.

"나에게도 아름다운 장신구를 바치라고 헤파이스토스에게 전해라."

"제가 말해두겠습니다."

헤라는 기뻐하며 다시 한번 당부했다.

"기대하고 있을 테니 꼭 만들라고 전해라."

"알겠습니다."

연회가 끝난 뒤 돌아온 테티스에게 이 모든 이야기를 들은 헤파이스
토스는 신이 났다. 어머니 헤라가 자신의 예술품에 감동받았다는 사실
을 알게 되자 뿌듯하면서도 동시에 불꽃 같은 오기가 치밀었다.

"장애가 있다고 나를 내다버릴 때는 언제고 내 솜씨를 그토록 칭찬
하다니……. 좋아. 이번 기회에 아들로 확실히 인정받고야 말겠어."

자신을 내쫓은 어머니를 위해 무엇을 만들까 궁리하던 헤파이스토
스에게 마침내 좋은 아이디어가 떠올랐다.

"그래, 바로 그거야."

그는 대장간으로 달려가 작업하기 시작했다. 숯을 있는 대로 넣고 불
을 피워 온도를 높이고는 각종 광물을 집어넣었다. 쇠가 달궈지고 망치
질이 이어졌다. 큰 망치와 작은 망치가 리드미컬하게 소리를 냈다. 땀이
뻘뻘 흐르고 얼굴이 붉게 달궈졌지만 헤파이스토스는 기대에 부푼 마
음에 손을 늦추지 않았다. 그의 작업은 며칠 동안이나 계속됐다. 자신이
땅속에서 캐 온 각종 보석들을 금으로 만든 반지와 목걸이와 티아라에
박아 넣기 시작했다. 한참 공을 들인 끝에 멋진 장신구를 완성한 뒤 헤
파이스토스는 이를 바라보며 크게 기뻐했다.

"최고의 걸작이야."

헤파이스토스가 만든 물건은 바로 신들의 여왕이 앉을 의자였다. 제

우스의 황금 의자에 걸맞은 어마어마하게 화려하고 아름다운 황금 의자를 만든 것이다. 헤파이스토스는 벌떡 일어났다.

"자, 외형은 다 됐다. 이제 이 안에다가 마법을 집어넣어야지."

헤파이스토스는 다시 일어나서 풀무질하기 시작했다. 그런데 어떤 재료를 단련하느라 풀무질을 하고 담금질을 하는지 그 누구도 알 수 없었다. 허공에 대고 망치를 휘두르는데, 신기하게도 계속해서 망치질 소리가 울렸다. 한참 같은 작업을 반복하더니 마침내 커다란 집게로 보이지 않는 물체를 집어 들더니 화로에 넣고 뜨겁게 달군 뒤 물에 담갔다. 아무것도 보이지 않는데 뜨거운 김이 뿌옇게 피어올랐다. 하지만 집게에 뭐가 잡혀 있는지는 여전히 보이지 않았다. 헤파이스토스는 보이지 않는 물체를 여러 개 이어붙이더니 이를 의자에 넣고 연결했다. 헤파이스토스는 자신에게만 보이고 다른 이의 눈에는 보이지 않는 금속으로 무언가를 만들었다. 그것은 바로 신조차 끊을 수 없을 정도로 단단한 사슬이었다.

"다 됐군."

마침내 손을 턴 헤파이스토스는 요정들에게 이 선물을 올림포스에 전달하라고 말했다.

"이것을 가지고 가서 헤라 여신에게 선물로 드리세요."

요정들은 황금 의자를 날개 달린 말이 끄는 마차에 실었다. 그리고 바람처럼 날아올라 올림포스로 달려갔다.

"여신님, 드디어 헤파이스토스의 선물이 왔습니다."

"기다리고 있었다. 선물은 어디에 있느냐?"

"제우스 신의 황금 의자 옆에 갖다 놓았습니다."

"도대체 무엇을 보냈기에 그곳에 가져다두었단 말이냐?"

서둘러 달려간 헤라는 깜짝 놀랐다. 황금으로 만든 의자는 찬란하게 빛날 뿐만 아니라 너무나 화려하게 장식되어서 눈을 크게 뜨고 볼 수 없을 정도였다. 물론 거기에 감겨 있는 투명한 사슬을 헤라는 보지 못했다.

"어머나! 너무나 아름답구나."

"헤파이스토스가 직접 만들어 여신님께 바친 선물입니다. 이곳에 여신님께 올리는 헌사도 새겨져 있습니다."

여성의 아름다움과 가정의 안정을 상징하는 헤라 여신이시여

그 아름다움과 권위, 지혜와 힘은 너무도 찬란하니

인간 세상 가정의 평화와 안정을 지켜주소서.

"호호! 누군지 참 내 마음을 잘 아는구나."

헤라는 흐뭇했다.

"이토록 정성을 들인 선물이라니……. 당장 앉아봐야겠다."

헤라는 우아하게 걸어가 황금 의자에 앉았다. 의자는 마치 살아 있는 것처럼 헤라의 몸을 포근히 감싸주었다. 딱딱한 황금으로 만들어졌는데도 스스로 움직이듯 그녀를 감싸안는 것 아닌가.

"이 의자가 내 몸에 맞게 모양을 바꿔 나를 포근히 안아주는 듯하구나. 내가 떨어질까 봐 나를 꼭 감싸안는 것 같아."

그러나 신들이 보기에는 딱딱한 황금 의자의 모습일 뿐이었다.

"그렇습니까?"

"축하드립니다."

헤라는 만족했다.

"참으로 아름다운 의자로구나. 이것을 영원히 간직하겠다. 좋은 선물을 받았으니 헤파이스토스에게 답례해야겠구나."

헤라는 만족스러워하며 자리에서 일어나려고 했다. 그런데 어찌 된 일인지 그녀는 일어날 수 없었다.* 투명한 사슬이 그녀의 몸을 꽉 조이고 있었기 때문이다.

"이, 이게 어찌 된 일이냐?"

산도 뽑아 옮길 수 있는 여신의 힘으로도 떨치고 일어날 수 없었다. 이를 바라보는 신들은 당황했다.

"왜 그러십니까? 그냥 일어나시면 되지 않습니까?"

"일어나려고 했다. 그런데 꼼짝도 못 하겠구나. 내 몸을 좀 만져봐라."

여신들이 달려들어 헤라의 몸을 만져보니 보이지 않는 사슬이 온몸을 마치 등나무가 기둥을 감고 올라간 것처럼 꽁꽁 묶고 있는 게 느껴졌다.

"이게 어떻게 된 일입니까? 아무것도 보이지 않는데 사슬이 만져집니다."

그때 황금 의자를 살펴보던 신이 말했다.

"왼쪽에도 글귀가 있습니다."

"뭐라고? 어서 읽어보아라."

어머니시여, 왜 절 버리셨나요?

태어나자마자 절 보는 게 고통스러우셨나요?

왜 저를 사랑하지 않으셨나요?

저는 그런 어머니를 평생 원망해왔습니다.

부디 그 이유를 말씀해주세요.

"어머니가 자신을 버렸다고 원망하는 글귀입니다."

헤라는 순간 모든 걸 알아차렸다.

"헤파이스토스가 바로 내가 낳은 그 장애를 가진 아들이란 말이냐? 아이고, 이 못난 놈이 나에게 보복을 한 것이로구나. 못생긴 데다 장애를 가진 놈이 마음까지 비뚤어져 어미인 나에게 이런 짓을 벌이다니……."

헤라가 마구 통곡했지만 옆에 있는 신들은 모두 외면했다. 아기를 낳자마자 못생기고 장애가 있다고 던져버린 헤라가 이제 와서 아들의 효도와 자식 된 도리를 바라는 것이 너무나 우스웠기 때문이다. 지켜보던 제우스가 한마디했다.

"당신이 버린 아이 아니오? 자업자득 아니

여기서 잠깐!!

의자나 물건에 사람이 달라붙어 움직이지 못했다는 이야기는 동서고금의 신화나 설화에서 흔히 찾아볼 수 있어. 《그리스 로마 신화》에도 자주 나오는 이야기야. 우리나라의 혹부리 영감 이야기에선 혹이 이 사람 저 사람에게 옮겨붙었다고 하지. 자유롭게 움직이고 돌아다니는 인간이 어딘가에 달라붙어 꼼짝도 못 하게 된다면 엄청나게 힘들 거야. 아무리 권력이 좋다고 해도 번쩍거리는 황금 의자에 붙어버리고 싶은 사람이 있을까. 이 이야기의 비유는 아마도 그런 의미인 것 같아.

겠소?"

"그런 쓸데없는 이야기는 그만하고 어서 나를 도와주세요."

"자, 내가 일으켜주겠소."

신들의 왕인 제우스가 손을 내밀었다. 그의 강력한 손을 붙잡고 헤라가 힘을 썼다. 그러나 제우스도 여신을 일으킬 수 없었다. 제우스는 당황했다.

"이거 보통 일이 아니구나. 모두들 와서 이 사슬을 끊어라!"

신들이 모두 달려들어 보이지 않는 사슬 틈으로 창을 집어넣거나 칼로 찍어봤지만 꼼짝도 하지 않았다. 마침내 전쟁의 신 아레스가 나섰다.

"다들 비키시오! 내 무기로 잘라보겠소."

하지만 아레스의 무기로도 사슬은 끊어지지 않았다. 두려움에 사로잡힌 헤라는 비명을 질렀다.

"그러다가 내 몸이 베이고 찍히겠구나. 내가 다치지 않게 조심하라!"

그러자 더욱 조심스러워져서 그 누구도 힘을 쓰지 못했다. 그 어떤 신도 신들의 여왕인 헤라를 풀어줄 수 없었다. 한참 동안 이리저리 애를 쓰다가 모두들 나가떨어졌다. 지쳐서 힘이 빠져버린 것이다. 이때 제우스가 해결책을 내놓았다.

"헉헉! 도저히 안 되겠군. 당신을 이렇게 묶을 수 있는 자만이 풀 수도 있을 거요. 헤파이스토스를 데리고 와야겠어."

그러자 헤라가 고개를 저으며 말했다.

"안 돼요. 내가 버린 아들을 내가 어떻게 봅니까?"

"그럼 여기 이대로 묶여 있을 거요?"

"그럴 순 없지요."

헤라가 이렇게 난감해하는 것은 처음이었다.

"그냥 나에게 맡기시오. 헤르메스! 헤르메스!"

제우스가 부른 것은 가장 믿음직한 아들이자 신들의 전령인 헤르메스였다.

5

뒤늦게 아들로 인정받은
헤파이스토스

　문제가 생기면 해결 방법은 둘 중 하나다. 좋게 대화로 푸느냐 아니면 힘과 무력으로 찍어 누르느냐. 이는 인간의 세계에서나 신의 세계에서나 마찬가지였다. 제우스는 헤파이스토스가 저지른 문제를 대화로 해결하기 위해 헤르메스를 불렀다.

　"너는 빨리 가서 이 상황을 헤파이스토스에게 설명하고 어서 올림포스로 올라와 해결하라고 전해라."

　"알겠습니다. 제가 빨리 가서 전하겠습니다."

　헤르메스는 신이 났다. 자신이 능력을 발휘할 기회가 왔기 때문이다. 게다가 새로운 신 헤파이스토스가 어떤 신인지 궁금하던 차에 그와 만날 수 있게 됐다는 사실에 기대되기도 했다. 헤르메스는 날개 달린 샌들을 신고 빠른 속도로 헤파이스토스에게 날아갔다. 헤파이스토스가 어디에 있는지 찾는 것은 어렵지 않았다. 연기가 피어나면서 쇠를 때리는 소리가 나는 곳으로 가면 될 것이기 때문이었다. 대장간에 도착한 헤르메스는 헤파이스토스가 땀을 뻘뻘 흘리며 뜨거운 불 앞에서 뭔가를 열심히 만드는 것을 봤다.

"이보게! 헤파이스토스."

"어쩐 일이시오?"

무뚝뚝한 헤파이스토스는 하던 일을 멈추지 않고 물었다. 낯선 신이 말을 거는데도 살가운 태도가 전혀 보이지 않았다.

"손님이 오면 대접도 좀 하고 쳐다봐야 되는 거 아닌가?"

"여긴 내 작업실이오. 대접할 만한 게 있을 리 없지. 할 말이나 하고 빨리 돌아가시오."

헤파이스토스는 헤르메스가 무엇 때문에 왔는지 이미 눈치채고 있었다. 하지만 아무런 내색도 하지 않고 무뚝뚝한 태도를 취했다.

"이보게. 자네가 어렸을 때 어머니에게 버림받아서 감정이 썩 좋지 않으리라는 걸 올림포스에 있는 모든 신들이 알고 있다네. 그만하면 헤라 여신도 충분히 놀라고 반성했을 거야. 그러니 이제 마음을 풀고 어머니를 자유롭게 해주게나. 미우나 고우나 자네 어머니 아닌가? 그리고 나는 제우스 신의 명령을 받고 왔다네. 나를 이렇게 박대하면 안 돼."

"내가 낳아달라고 한 적 없소이다. 그리고 대체 어느 어머니가 자식을 낳자마자 집어 던진단 말이오? 어머니가 어찌 됐든 나는 전혀 신경

쓰이지 않소. 내 고통의 1만 분의 1도 되지 않는 고통을 겪고는 호들갑이라니……. 바쁘니까 빨리 가시오. 안 그러면 이 불똥이 튀어서 당신의 그 멋진 샌들을 불태워버릴지도 모르오."

쾅쾅쾅!

헤파이스토스는 모루 위에 커다란 덩어리를 올려놓더니 보란 듯이 더 강하게 두들겼다.

"아니, 그게 아니라…… 내 말을 잘 들어보시오."

무슨 이야기를 해도 헤파이스토스는 들은 척도 하지 않았다. 수치심에 온몸이 달아올랐지만 헤르메스는 하릴없이 돌아갈 수밖에 없었다. 그동안 제우스의 뜻을 전하면서 이토록 처참하게 무시당한 적은 한 번도 없었다. 헤르메스는 민망해서 어찌할 바를 몰랐다.

한편, 올림포스에서는 신들이 헤르메스가 돌아오기만을 기다리고 있었다. 홀로 돌아온 그를 보고 다들 의아해했다.

"어찌 됐나?"

"왜 헤파이스토스와 함께 오지 않았나?"

헤르메스는 떨어지지 않는 입을 열고 대답했다.

"헤파이스토스가 오지 않겠답니다. 제가 온갖 좋은 말로 달래고 함께 가자고 설득했지만 그는 꿈쩍도 하지 않았습니다."

제우스는 난감했다.

"어허, 이거 큰일 아닌가?"

황금 의자에 묶인 채 꿈쩍도 할 수 없는 헤라는 정신이 나갈 것만 같았다. 영원히 의자에 묶여 있어야 할지도 모른다는 생각에 그녀는 너무도 두려워졌다.

"어떻게 해서든 나를 빨리 풀어주세요!"

절규하는 아내를 보며 제우스는 온몸이 달아올랐다.

"이를 어떻게 하면 좋단 말인가? 좋은 생각이 있으면 누구든 빨리 말해보게."

그때 한 신이 참다못해 벌떡 일어났다.

"제가 갔다 오겠습니다."

모두 고개를 돌렸다. 그는 바로 전쟁의 신 아레스였다. 전쟁과 파괴를 일삼던 그가 문제를 해결하겠다고 나서다니 모두들 의아했다.

"대장장이 망치나 휘두르는 자와 어찌 좋은 말로 문제를 해결한단 말입니까? 그런 무지막지한 신에게는 우격다짐만이 해결책입니다. 법은 멀고 주먹은 가깝다지요. 제가 가서 꽁꽁 묶어 끌고 오겠습니다. 그러면 겁이 나서라도 헤라 여신을 풀어줄 겁니다."

아레스는 당장이라도 무기를 들고 싸우러 나설 것처럼 분연히 떨치고 일어났다. 하지만 달리 방법이 없었다. 비록 거칠지만 해볼 만한 방법이기에 제우스는 고개를 끄덕였다.

"다녀오겠습니다."

아레스는 재빨리 갑옷을 입고 투구를 쓴 뒤 무기를 들고 뛰쳐나갔다. 아레스는 올림포스에서 내려와 헤파이스토스가 열심히 일하고 있는 곳에 쳐들어가면서 외쳤다.

"어머니께서 고통을 받고 계신데 너는 한가하게 망치질이나 하고 있는 것이냐? 이 천하에 불효막심한 자 같으니라고."

천둥 치는 것 같은 목소리가 들리자 헤파이스토스는 기다렸다는 듯 돌아서더니 불타오르는 장작을 꺼내 들고는 다짜고짜 휘둘렀다. 모름지기 최고의 공격은 선제공격인 법이다. 헤파이스토스가 말을 듣지 않으면 겁을 주며 무력시위를 하려던 아레스는 생각지도 못했던 반응에 깜짝 놀라고 말았다. 온몸에 불똥이 튀자 아레스는 뜨거워 어찌할 바를 몰랐다. 그것으로 끝난 게 아니었다. 헤파이스토스는 준비해두었던 거대한 망치와 칼과 창을 마구 던져댔다. 그 모습을 본 아레스는 당황했다. 기선을 제압당한 아레스는 자신의 무기를 제대로 써보지도 못하고 밀려났다. 불에 그을린 채 갑옷 여기저기가 찌그러진 아레스는 대장간 바깥으로 도망쳤다. 그는 자신은 헤파이스토스에게 상대가 되지 않는다는 것을 깨닫고는 얼른 꽁무니를 뺐다.

"어디 두고 보자."

아레스는 창피함을 무릅쓰고 올림포스로 돌아갔다.

"당해낼 수 없었습니다."

아레스는 자존심을 꺾고 자신의 능력으로는 도저히 안 될 것 같다고 말했다. 사태는 더 심각해졌다. 대화로도 해결되지 않고 무력으로도 해결되지 않았다.

"이를 어쩌면 좋은가? 이 문제를 해결할 신이 하나도 없단 말인가?"

그때 부드럽고 나긋나긋한 목소리가 들려왔다.

"제가 나서봐야겠군요."

모두 고개를 돌렸다. 거기에는 미소를 짓고 있는 술의 신 디오니소스가 있었다.

"제가 가서 헤파이스토스를 부드럽게 주물러서 데리고 오겠습니다."

디오니소스를 보자 제우스는 고개를 끄덕였다.

"오! 너라면 가능할 것이다. 가서 꼭 데리고 와라."

제우스는 술의 위력을 알고 있었다. 디오니소스는 올림포스에서 내려와 자신의 부하들을 불러 모았다.

"자, 이제 떠나자!"

디오니소스 무리는 길을 떠났다. 실레노스도 함께였다.

"오랜만에 세상을 유람하게 되었구나. 정말 좋다."

실레노스는 디오니소스의 스승이다. 술 만드는 법과 술 마시고 즐겁게 지내는 법을 가르쳐준 자로, 디오니소스는 올림포스에서 한 자리를 차지한 뒤에도 그를 계속 존중해주었다. 디오니소스에게 더 이상 가르칠 게 없었지만 그가 재미있는 임무를 맡았다고 하자 실레노스는 무턱대고 따라나섰다. 구름을 타고 이동한 그들은 마침내 헤파이스토스의 대장간에 도착했다.

헤파이스토스 입장에서는 벌써 세 번이나 올림포스에서 신들이 찾아온 거였다. 그런데 다른 신들과 달리 디오니소스는 대장간에 쳐들어오지 않고 시원한 바람이 불어오는 그늘진 풀밭에 자리를 잡았다. 그러곤 가져온 포도주 병을 열었다. 맛있는 음식과 향기로운 술로 잔칫상을 차린 그는 주변의 요정들을 불러 모았다.

"부근의 요정들은 다 모여라!"

숲과 산과 들의 요정들이 모두 나왔다.

"포도주를 마시고 즐거운 연회를 벌이자."

그들은 노래를 부르기 시작했다.

오늘은 축제를 즐기자.

모두 함께 노래하며 춤추자.

슬픔과 근심을 잠시 미루고,

축제에 온 걸 환영해.

잔을 들어 건배하며 웃자.

인생은 짧고 아름다워.

희망과 사랑으로 가득한 세상,

어둠을 밝히는 불빛이 되자.

우리 모두 함께 행복을 나눠보자.

음악의 리듬에 몸을 맡겨봐.

이 순간을 절대 잊지 말자.

인생은 즐거워. 다 함께 즐기자.

대장간 안에서 망치질하느라 바깥의 동태를 파악하지 못하고 열심히 일하던 헤파이스토스가 잠시 쉬려고 하는데 노랫소리가 들려왔다.

"이게 뭐지? 무슨 소리야?"

헤파이스토스는 때 묻은 수건으로 땀을 닦으며 바깥으로 나가봤다. 무슨 일이 벌어지고 있는지 궁금했기 때문이다.

"아니……."

그곳에선 흥겨운 잔치가 벌어지고 있었다. 모두들 기분 좋게 웃으면서 춤추며 놀고 있었다.

"하하하! 술의 신이 왔구나."

"어서 오게, 헤파이스토스. 너무 일만 열심히 하지 말고 시원한 포도주 한 잔 마시게나."

디오니소스가 다정하게 술잔을 권했다. 안 그래도 갈증이 나던 차였다. 헤파이스토스는 요정들이 따라주는 대로 포도주를 단숨에 들이켰다. 너무나 시원하고 달콤했다.

"한 잔 더 주시겠소?"

두 잔 석 잔 마시고 나니 흥이 나서 춤추고 노래하는 무리에 섞여 함께 춤을 추었다. 비록 다리는 절뚝거렸지만 헤파이스토스는 신나게 노래하고 춤췄다.

"헤파이스토스에게 계속 포도주를 먹여라."

디오니소스가 외치자 모두들 그의 잔을 채워주려고 달려왔다.

"이것 드세요."

"제 잔을 받으세요."

"아니에요. 제 잔을 받으세요."

아름다운 요정들이 춤추고 노래하며 술을 권하자 헤파이스토스는 주는 대로 받아 마셨다. 그는 자신의 장애 때문에 지금까지 다른 요정이나 여신들을 쳐다보지 않고 오로지 일만 해왔다. 그런데 아름다운 요정들이 먼저 다가와 술을 권하니 이게 꿈인가 생시인가 싶었다. 어느새 당나귀 등에 싣고 온 포도주가 다 떨어졌다. 당나귀가 속으로 '돌아갈 때는 가볍게 갈 수 있겠군' 하고 생각할 정도였다. 하지만 그것은 오산이었다. 당나귀 등에는 술통 대신 잔뜩 취해 정신을 잃은 헤파이스토스가 실렸다. 그는 너무 취해 정신을 차리지 못하고 당나귀 등에 가만히 엎드려 있었다. 혹시나 해서 디오니소스가 물었다.

"헤파이스토스, 어서 일어나서 일을 해야 되지 않겠소?"

술을 너무 과하게 마신 헤파이스토스는 잔뜩 취한 채 고개를 저었다.

"아, 다 필요 없어. 나, 일하지 않을 거야. 오늘은 춤추고 놀자고. 빨리 음악이나 연주해."

그들은 탬버린을 치고 수금을 뜯으며 걸었다. 그들이 즐겁게 노는 동안에도 당나귀는 열심히 올림포스를 향해 움직였다. 그런 상태로 올림포스산까지 올라갔다. 멀리서부터 음악 소리가 들려오자 신들은 디오니소스가 헤파이스토스를 데리고 오고 있다는 것을 알아차렸다.

"신난다. 이렇게 아름다운 꿈은 처음이야!"

헤파이스토스는 취해서 자신이 있는 곳이 어디인지도 알아채지 못했다. 눈에 보이는 모든 이들이 같이 춤을 추며 놀아주니 기분이 좋기만 했다. 그때 그의 눈에 아름다운 여인이 화려한 의자에 앉아 자신을 내려다보는 것이 보였다.

"여기가 대체 어디냐?"

여전히 모두들 신나게 춤추며 놀고 있었다. 헤파이스토스는 그 모습을 보고 그들이 모두 디오니소스 무리인 줄 알았다.

"하하하, 잔치에 함께하는 이가 더 늘었구나. 즐겁다. 다들 춤추고 흥겹게 놀자!"

모두들 일어나서 춤을 추는데 의자에 앉아 있는 여인만 춤추지 않았다.

"아니, 저 여인은 왜 일어나지 않는 거지?"

"나는 이 의자에 묶여 있어서 일어날 수 없다. 나도 춤추며 즐기고 싶구나."

헤라는 헤파이스토스를 살살 구슬렸다.

"세상에나. 누가 그렇게 못된 짓을 했습니까? 내가 풀어드리지요."

헤파이스토스는 사슬에 연결되어 있는 못을 하나 뽑았다. 그러자 사슬 전체가 그대로 풀려서 땅바닥에 떨어졌다.

쩔그렁!

사슬이 떨어지는 소리가 나자 헤라는 언제 그랬냐는 듯 벌떡 일어났다. 한편으로는 괘씸했지만 헤라는 자신이 버린 아들이 측은했다. 비록 장애가 있지만 훌륭한 기술자가 되어 신 중의 신인 자신조차 꽁꽁 묶어놓을 정도로 뛰어난 재주를 갖게 됐다는 게 자랑스럽기도 했다.

"아들아, 내가 너의 어미다. 네가 이렇게 훌륭한 재주를 지녔다는 것을 모르고 너를 버렸구나. 그 어떤 신도 다른 신을 묶어놓을 수 없는데, 너의 능력은 참으로 놀랍다."

그제야 헤파이스토스도 술이 깼다. 헤라는 그를 꼭 안아주었다.

"어머니!"

"아들아, 내가 미안하다!"

"아닙니다. 어머니, 제가 잘못했습니다."

모자는 끌어안고 화해의 눈물을 흘렸다. 가슴속 응어리가 다 풀린 헤파이스토스는 그때부터 올림포스산에서 살게 됐다.

"어머니, 이 황금 의자는 어머니께서 계속 쓰세요. 그리고 어머니를 위해 매일매일 아름다운 보석과 장신구를 만들어드리겠습니다."

"아들아, 나는 네가 돌아온 것만으로도 고맙다. 못난 어미를 위해서 이렇게 큰 선물을 주다니, 부끄럽구나."

"아닙니다. 어머니가 없었다면 저는 이렇게 세상에 태어나지 못했겠지요."

헤라와 헤파이스토스는 무척 사이좋아졌다. 헤파이스토스가 매일매일 아름다운 장신구를 수없이 만들어 선물했기 때문이기도 하지만, 그가 정말 세상에 도움이 되는 능력을 가진 유익한 신이었기 때문이다.

올림포스에서 즐거운 나날을 보내던 중, 헤파이스토스는 신들 가운데서도 빼어난 미모를 자랑하는 여신을 발견했다. 그녀는 바로 사랑의 여신 아프로디테였다. 그녀를 보자마자 헤파이스토스는 홀딱 반하고 말았다. 그는 부모에게 이 사실을 말하지 않을 수 없었다.

"아버지, 어머니, 드릴 말씀이 있습니다."

"무슨 말인지 해봐라."

제우스와 헤라는 평소와 다른 헤파이스토스의 얼굴을 보고 뭔가 특별한 일이 생긴 게 틀림없다고 생각했다.

"아름다운 사랑의 여신 아프로디테를 아내로 맞이하고 싶습니다."

순간, 제우스와 헤라는 서로의 얼굴을 마주 봤다. 생각지도 못했던 이야기에 제우스와 헤라는 웃음을 터뜨렸다.

"하하하! 걱정하지 마라. 안 그래도 아프로디테는 자신을 사랑해줄 신을 기다리고 있었단다."

"예쁜 선물을 만들어주면서 사랑을 고백해보렴."

헤라는 여자의 마음을 사는 비법까지 알려주었다. 그 말을 듣고 헤파이스토스는 혼신의 힘을 다해 아름다운 장신구를 만들어 아프로디테에게 선물했다. 아프로디테는 깜짝 놀랄 정도로 아름답고 귀해 보이는 장신구들을 선물로 받자 마음이 홀딱 넘어갔다. 사실은 에로스가 몰래 숨어 있다가 자신의 어머니에게 사랑의 화살을 쏜 거였다. 사랑이란 원래이렇게 앞뒤 가리지 않고 찾아오는 법이다. 다른 것은 하나도 눈에 들어오지 않는 듯했다. 그들은 곧 사랑에 빠졌고, 결혼을 했다.

"축하하오, 헤파이스토스!"

"아프로디테, 너무 아름다워요."

결혼식 날, 온 세상의 신과 요정들이 다 몰려와 축복해주었다. 결혼식은 달콤했지만 사실 두 신은 너무나도 달랐다. 완벽한 미의 여신 아프로디테와 땀 흘리며 먼지 나는 곳에서 열심히 일하는 것을 좋아하는 헤파이스토스가 잘 맞을 리 없었다. 처음에는 부부의 사랑이 영그는 듯했지만, 시간이 흐르자 아프로디테는 일만 하는 남편을 사랑할 수 없었다.

'아, 나는 정말 외로워.'

아프로디테는 열심히 일하는 헤파이스토스를 놔두고 바깥으로 돌아다니기 시작했다.

"나에게 행복은 당신과 같이 지내는 게 아니에요. 당신은 일만 하잖아요. 나의 행복은 사람들이 나의 아름다움에 감탄하고 나의 모습에 경외감을 느끼게 하는 거랍니다. 아름다움 그 자체가 되는 것이 나의 목표예요."

헤파이스토스의 목표는 세상에 도움이 될 만한 훌륭한 물건들을 만들어내서 사람들이 그것을 잘 이용하도록 하는 것이었다.* 아프로디테의 말을 들은 헤파이스토스는 무뚝뚝하게 말했다.

"나에게 있어 행복은 땀 흘리며 열심히 일한 뒤 깨끗이 씻고 편안히 쉬는 거요."

아프로디테와 헤파이스토스는 서로의 행복을 인정하고 존중해주기로 했다. 헤파이스토스는 올림포스 한쪽 구석에 대장간을 지었다. 그리고 화덕을 만들어 영원히 꺼지지 않는 불을 피우고 각종 금속으로 무기와 갑옷을 만들어냈다. 그는 작업실에서 일하는 것이 가장 즐거웠다. 붉게 달아오른 쇠를 두들겨 물건을 만드는 것이 그에게는 최고의 행복이었다.

그가 올림포스에 작은 대장간을 만든 뒤 올림포스는 풍요로워졌다. 헤파이스토스는 모든 신들의 갑옷은 물론 각종 장신구와 편의시설을 만들어주었다. 황금 궁전은 더욱더 실용성과 위엄을 갖추었다. 게다가 그는 끊임없이 새로운 물건을 만들어서 신들에게 선물로 주었다. 이런 그의 솜씨 때문에 먼 훗날 테티스는 자신의 아들인 아킬레우스를 위해서 갑옷을 만들어달라고 부탁하기도 했다. 헤파이스토스는 갑옷을 튼튼하게 만들 뿐만 아니라 앞으로 벌어질 일들을 예견해 아름답게 새겨놓기도 했다. 신이기에 인간이나 신들이 오래도록 쓸 물건에 미래를 예언한 그림들을 그려 넣어 힌트를 준 것이다. 처음에 물건을 받았을 때는 그것이 어떤 의미인지 알 수 없지만 나중에 세월이 흐르면 그 물건에 새겨진 형상이나 그림을 보고 헤파이스토스가 예견한 사건들이 그대로 일어났다는 것을 알 수 있었다. 먼 훗날 로마의 시조가 된 아이네이아스에게 방패를 만들어줄 때에는 찬란한 로마의 역사를 새겨 주기도 했다.

헤파이스토스는 몸이 불편했지만 열심히 일하는 솜씨 좋은 신이었다. 일이 끝나면 그는 대장간을 깔끔하게 정리하고 망치와 집게들을 잘 치워놓은 뒤 목욕하는 것을 즐겼다. 따뜻한 물에 들어가 몸을 깨끗이 닦아낸 뒤 망토를 두르고 올림포스산 황금 궁전으로 올라가 다른 신들과 대화를 나누곤 했다. 아름답게 세공한 포도주 잔에 술을 채워 다른 신들에게 권하기도 했다.

하지만 다리가 불편한 그가 여기저기 옮겨 다니며 술을 권하는 것은 결코 쉬운 일이 아니었다.

'이거 안 되겠는데? 저절로 움직이는 식탁이 있으면 좋겠군.'

헤파이스토스의 머리가 돌아가기 시작했다. 어떻게 하면 자기가 원하는 것을 만들 수 있을 지 신중하게 생각한뒤 대장간으로 가서 며칠 동안 공들인 끝에 마법의 식탁을 만들어

여기서 잠깐!!

헤파이스토스는 무슨 의미를 가진 신일까? 가장 큰 의미는 그가 가진 상징에서 찾아볼 수 있어. 노동, 기술, 물건 만들기…… 이런 실용적인 능력을 가진 신이었기에 사람들에게 크게 존경을 받았지. 학문으로 치면 실학 중심이라고 할 수 있어. 이론이나 추상적인 것에 관심을 갖는 게 아니라 인간이 먹고사는 데 도움이 되는 실제적인 걸 중시했지. 실질적인 노력은 하지 않고 말만 앞서는 사람들은 손가락질 받기 쉬운데, 헤파이스토스는 그와 정반대라고 할 수 있어.

냈다.* 그 식탁은 신들의 연회 장소를 여기저기 돌아다녔다. 자기 앞으로 식탁이 굴러오면 신들은 자연스럽게 거기에 놓인 황금 술잔에 포도주를 따라 마시며 즐거운 대화를 나누었다. 그러면 식탁은 또 다른 신들에게 다가갔다. 오늘날의 로봇 같은 것을 만들어낸 것이다.

할 일이 없는 신들이 서로 논쟁을 벌이며 목소리 높이는 것을 볼 때마다 헤파이스토스는 자신의 우람한 근육을 만지며 말했다.

"다들 할 일이 없으신가 보군요."

그러면 신들은 조용해졌다.

잠이 오지 않는다고 불평하는 신에게는 이렇게 말했다.

"대장간에 와서 망치를 몇 번 휘둘러보시지요. 침대가 등짝에 붙으면 바로 곯아떨어질 겁니다. 불면증 따위는 우리 대장간 근처에도 못 오지요."

헤파이스토스는 노동의 신성함을 강조했다. 이외에도 신들 사이에 갈등이 생기면 그가 나서서 해결하는 경우가 많았다. 아버지 제우스와 어머니 헤라가 부부싸움을 벌일 때도 포도주를 권하며 부드럽게 어머니를 설득하곤 했다.

"어머니, 아버지는 화가 나면 모든 것을 부숴버릴 수 있는 분이잖습니까? 강한 힘을 가진 아버지를 부드럽게 어루만질 수 있는 분은 오직 어머니뿐이십니다. 올림포스의 평화는 어머니의 손에 달려 있는 셈이지요. 아버지가 자주 땅에 내려가서 다른 여인들을 건드리고 다니신다고 해서 참지 않으면 어쩌시려고요? 이 올림포스와 세상을 다 무너뜨리고 파괴해버릴 수는 없지 않습니까?"

헤라는 헤파이스토스의 우직한 말에 설득되어 마음을 풀곤 했다. 그렇게 해서 냉랭한 분위기가 해소되면 눈치 빠른 아폴론이 수금을 연주하고 뮤즈들이 일어나 함께 춤을 추곤 했다. 헤파이스토스도 가장 큰 목소리로 노래하며 다리를 절뚝이는 몸으로 열심히 춤을 추었다. 지혜로운 헤파이스토스는 이처럼 올림포스의 평화를 지키기 위해 항상 노력했다.

그렇다고 해서 헤파이스토스가 일만 열심히 했던 것은 아니다. 그도 한번 화가 나면 무서운 응징에 나서는 신이었다. 먼 훗날 트로이아 전쟁 때 아킬레우스를 도와 싸움에 참가하기도 했다.

사람들은 수많은 신 가운데 헤파이스토스를 가장 사랑했다. 그가 만들어낸 물건들을 모방해 생활을 편리하게 개선하기도 했다. 헤파이스토스는 얼굴도 못생겼고 다리를 절름거리는 등 단점이 많은 신이지만 장애에 굴하지 않고 꿋꿋하게 자신의 능력을 발휘해 세상에 도움을 주었다. 다른 올림포스의 신들처럼 아무것도 하지 않고 노는 게 아니라 인간과 똑같이 남들을 이롭게 하려고 애쓰는 것이 그가

여기서 잠깐!!

헤파이스토스는 신들을 찾아다니며 술잔을 권하기 위해 마법의 식탁을 만들었어. 마법의 식탁은 다리에 바퀴가 달려 있고, 자동으로 움직일 수 있도록 그 안에 태엽이 들어가 있었다고 해. 태엽을 감아놓으면 조금씩 풀리면서 그 동력으로 움직였던 거야. 오늘날 식당에서 쉽게 볼 수 있는 서빙 로봇과 비슷하지? 고대에도 인간들이 이런 상상을 했다니 정말 놀라워. 이런 상상력이 있었기 때문에 오늘날 과학이 발달하고 진짜 로봇이 등장하는 시대가 올 수 있었던 거야. 인간의 가장 강력한 무기는 바로 상상력이라는 것을 다시 한번 깨닫게 해주는 것 같아.

칭송받는 가장 큰 이유였다. 한마디로 헤파이스토스는 열심히 일하는 성실한 사람들의 신이었다. 대장장이들과 성실히 일하는 사람들은 헤파이스토스를 기리며 축제를 열기도 했다. 장애를 가지고 있고 성격이 단순하고 우직하지만 헤파이스토스 같은 신이 있었기에 올림포스가 유지될 수 있었다. 이 세상 역시 이런 성실한 자들의 노력에 의해 굴러가고 있다.

6

전쟁의 화신 아레스

대부분의 신은 제우스와 헤라 사이에서 태어났다. 그런데 자식이 많다 보면 성격이 다양하게 마련이다. 이게 자연의 법칙이다. 순한 부모 밑에서 거친 자녀가 나오기도 하고, 거친 부모 밑에서 순하고 착한 자녀가 나오기도 한다. 전쟁의 신 아레스가 바로 그런 경우였다. 신들의 왕 제우스와 헤라 사이에서 태어났지만 그는 전쟁을 즐겼다. 아레스는 성격부터 호전적이었다. 툭하면 싸움을 걸고 툭하면 무기를 드는 게 바로 그였다. 아버지 제우스와 어머니 헤라는 다른 신과도 불화를 일으키기 일쑤인, 속 썩이는 아들 아레스가 마음에 들 리 없었다.

"너는 그 사나운 성질을 좀 죽일 수 없느냐?"

"신들은 너의 동료다. 미워하거나 적으로 여기지 말란 말이다."

볼 때마다 잔소리하고 야단치거나 적당한 벌을 내렸지만 아무 소용 없었다. 그런 제재는 오히려 전쟁의 신 아레스의 마음을 더욱 강하게 끓어오르게 만들 뿐이었다.

"애초에 그렇게 태어난 걸 어쩌라고? 흥, 두고 보라지!"

부모가 질책하고 야단칠수록 아레스는 엉뚱한 곳에서 더욱 심각한 문제를 일으키곤 했다. 그것이 전쟁의 속성이다.

온몸이 강한 근육으로 둘러싸인 아레스는 멋진 갑옷과 투구로 무장하고 방패를 들고 다녔다. 모두 다 헤파이스토스가 만들어준 최고의 무기였다. 겉모습은 이토록 멋졌지만, 그의 행동이나 생각은 인간들에게 전혀 도움이 되지 않았다. 그는 호시탐탐 전쟁을 일으킬 기회만 노리는, 전쟁을 사랑하는 신이었기 때문이다. 그는 오로지 인간들을 파멸시키는 데만 관심이 있었다.

"인간들은 싸워라! 신들도 싸워라! 싸우는 게 우리 삶이다! 싸우는 자들은 행복하다!"

평화로운 모습을 보면 아레스는 짜증을 내며 치열한 전쟁이 벌어지기를 기원했다. 열심히 싸우는 자는 격려하고, 평화를 사랑하는 자는 경멸했다. 그러다 보니 그 누구도 전쟁의 신 아레스를 좋아하지 않았다. 그는 사악하고 잔인했으며 싸움을 시작하면 끝장을 보는 성격이었다. 단순무식할 뿐만 아니라 어리석었다. 그의 기쁨은 오로지 죽음, 피비린내, 불과 물 같은 것들이었다. 어떻게든 남에게 피해를 주는 것이 그에게는 즐거움이었다. 신들은 가끔 그에게 와서 항의했다.

"왜 전쟁에서는 저렇게 약자만 당하는 거요? 힘 있는 자가 일방적으로 죽이고 찌르고……. 이것은 옳지 않습니다."

아레스는 코웃음 치며 말했다.

"나는 그런 것에 관심 없다. 오로지 싸우는 것만이 목적이다. 어떤 놈이든 상관없다. 전쟁을 일으켜서 인간들의 비명과 함성, 칼과 창이 부딪히는 소리가 온 세상에 울리게 하는 게 나의 유일한 즐거움이다. 저렇게 많은 젊은이들이 죽어 나간다고 해도 걱정할 필요 없다. 살아남은 자들이 아기를 낳고 아기들이 자라면 또 싸울 테니. 하하하!"

그 말을 듣던 다른 신이 나섰다.

"도시가 온통 잿더미가 되고 저렇게 모두들 먹고살기 어려워지지 않았소? 그래도 괜찮다는 거요?"

"폐허가 되면 다시 지으면 된다. 다시 지으면서 인간들은 또 돈을 벌게 될 테고, 그렇게 돈이 모이면 또다시 전쟁을 일으키겠지. 어리석은 인간들은 끝없이 전쟁의 역사를 반복하고 있다. 그 이유가 뭔지 아는가? 바로 나 아레스가 그들을 응원하기 때문이다. 으하하하!"

인간들이 서로 죽고 죽이는 문제 따위는 아레스에게 전혀 중요하지 않았다. 그의 상징이 제우스처럼 호전적인 독수리인 데는 다 이유가 있다. 게다가 그는 창을 좋아했다. 사람을 창으로 찔러서 죽이는 상징이 그를 대표했다.

이런 아레스를 신들이 다 싫어할 것 같지만 그에게도 조력자가 있었다. 그것은 바로 그의 아들들이었다. 그는 신과 인간을 막론하고 수많은 여성들에게서 자식을 봤는데, 그중 포보스와 데이모스가 있다. 포보스라는 이름은 '두려움'이라는 의미를 가지고 있고, 데이모스라는 이름은 '공포'라는 의미를 가지고 있다. 이들이 사람들 사이에 두려움과 공포의 감정을 퍼뜨리면 곧 전쟁이 시작됐다.

"적들이 쳐들어올까 봐 두려워."

"당하기 전에 우리가 먼저 공격하자."

"우리를 지키기 위해 싸우자!"

이런 마음이 퍼지기 시작하면 사람들 사이에선 이내 두려움과 공포심이 확산됐다.

"너무 두려워요. 도망가야겠어요."

이런 생각이 사람들에게 퍼지는 것은 바로 포보스와 데이모스가 그들을 부추기기 때문이다. 결정적으로 전쟁이 터지게 만드는 데는 증오와 갈등의 여신 에리스의 힘이 필요했다. 그녀는 바로 아레스의 누이였다. 이들은 모두 아레스의 영향을 강하게 받는 존재로, 아레스는 필요할 때마다 적재적소에서 이들에게 명령을 내렸다.

"저 나라에 가서 공포를 퍼뜨리고, 이쪽 사람들에게는 두려움을 심어라. 그리고 저 무리에게 가서 서로 미워하고 의심하도록 만들어라."

명령을 받으면 이들은 득달같이 달려가 이를 수행했다. 게다가 아레스는 전쟁이 벌어지면 그곳에 끼어들어 직접 싸우는 것을 즐겼다. 이런 아레스가 제일 싫어하는 것은 당연히 평화롭고 고요한 것이었다.

"왜 이렇게 세상이 조용한 거냐? 빨리 전쟁을 일으켜야겠다. 이토록 평화롭다니. 인간들은 절대로 평화로운 존재가 아니다. 서로 미워하고 물어뜯고 시기하고 질투해야 한다."

늘 이런 식이었다. 그러다가 전쟁이 일어나면 더없이 기뻐했다. 엄청난 수의 사람들이 죽고 성이 무너지는 것을 보는 게 아레스의 기쁨이었다. 가끔 올림포스 황금 궁전에 올 때면 그는 몇만 명의 사람들을 전쟁으로 죽였다든가 몇몇 도시를 크게 파괴했다고 자랑스럽게 이야기했다. 그럴 때마다 다른 신들은 아레스를 경멸의 눈으로 쳐다봤다.

'저런 한심한 신 같으니라고.'

아레스는 그런 사실을 잘 알면서도 전혀 신경 쓰지 않았다.

'나를 실컷 경멸해라. 전쟁이 일어나면 꼼짝도 못 할 것들이 무슨 자격으로 나를 깔보는 것이냐?'

하지만 이런 아레스를 좋아하는 여신도 있었다. 그녀는 바로 미와 사랑의 여신 아프로디테였다. 아레스가 나타날 때마다 그녀의 눈에서는 사랑의 빛이 반짝였다. 번쩍이는 갑옷과 투구와 방패로 무장한 아레스의 남자다운 외모가 너무나도 멋있었기 때문이다. 아레스가 전쟁터에서 돌아오면 제일 먼저 달려 나와 맞이하는 것도 아프로디테였다. 전쟁이 일어나 기분 좋은 채로 돌아와도 마중을 나갔지만 전쟁이 벌어지지 않아 화가 난 채로 돌아와도 달려가서 아레스를 위로해주었다.

"아레스! 당신은 무얼 해도 멋진 분이세요. 너무 상심하지 마세요. 내가 있잖아요."

아레스가 맡은 임무가 전쟁이었기에 제우스와 헤라는 그를 말릴 수 없었다. 하지만 그가 수행하는 임무를 좋아할 순 없었다.

"아무리 전쟁이 인간의 숙명이라지만 아레스는 너무 과할 때가 있어."

"그러게요. 전쟁으로 수많은 가정이 파괴되니 정말 보고 있기 힘들어요."

그렇게 전쟁이 계속되어 자신을 숭배할 사람들이 죽어 나가자 헤라는 참지 못하고 제우스에게 물었다.

"아레스가 너무 오랫동안 사람들을 괴롭히고 못살게 굴고 있어요. 제가 가서 야단친 뒤 끌고 올라오는 건 어떨까요? 그러면 당신은 화를 내실 건가요?"

"그럴 리 있소? 그렇게 한다면 나는 아주 기쁜 마음으로 쳐다보고 있을 거요."

"그렇다면 제가 나서야겠어요."

"신들의 어머니인 그대가 직접 나설 필요가 있을까요?"

"이런 일은 제가 직접 나서야 돼요."

"아니오. 당신보다 잘할 이가 있소. 바로 아테나요. 아테나가 가면 분명히 아레스를 크게 골탕 먹일 거요."

그 말도 일리가 있었다. 헤라가 직접 나서기에는 조금 민망했다. 제우스는 아테나를 불렀다.

"아테나, 네가 할 일이 있다. 전쟁의 신 아레스가 너무 과하게 행동하지 않도록 견제해라."

"알겠습니다."

그때부터 아테나는 아레스가 전쟁을 일으키려고 할 때마다 가서 방해하거나 일을 복잡하게 만들었다. 때로는 아레스에게 직접 싸움을 걸어 훼방을 놓곤 했다. 훗날 트로이아 전쟁이 벌어졌을 때 그리스 진영의 용사 아킬레우스가 총사령관인 아가멤논과 갈등을 일으키고도 싸우지 않은 것은 바로 그런 이유 때문이다. 아레스는 그때 수없이 많은 사람을 죽이고 있었다. 그리스의 영웅 디오메데스까지 죽이려고 결심하고 있었다.

"트로이아가 이기려면 저자를 죽여야 해."

아레스가 있는 힘껏 창을 날렸지만, 그때 마침 나타난 아테나가 그 창이 빗나가도록 쳐버렸다. 아테나 덕분에 디오메데스는 살아날 수 있었다. 디오메데스는 곧바로 아레스에게 다가가 창으로 찔렀다.

"아악!"

인간이었다면 단박에 죽었을 치명상이지만 아레스는 신이기에 살 수 있었다. 하지만 인간이 찌른 창에 몸통이 뚫리는 부상을 당하는 불명예를 안은 건 사실이었다. 올림포스로 돌아온 아레스를 제우스조차 위로해주지 않았다.

"그렇게 전쟁을 좋아하니까 인간에게 부상이나 당하는 거다. 자숙하고 좀 조용히 있으면 안 되겠느냐?"

하지만 그것은 불가능한 일이었다. 전쟁의 신이 반성하고 자숙한다는 건 있을 수 없는 일이기 때문이다.

"감히 내게 이런 수모를 주다니. 어디 두고 보자!"

화가 난 아레스는 상처가 낫자마자 아테나에게 도전장을 내밀었다.

"감히 네가 나를 방해해? 어디 한번 붙어보자!"

아레스는 다짜고짜 창을 집어 던졌다. 아테나는 재빨리 피하고는 반격에 나섰다.

"어디 이건 어떠냐?"

아테나는 바위를 들어 그에게 집어 던졌다. 여신이라 깔보고 덤벼들었던 아레스는 방심하고 있다가 돌에 맞아 그대로 쓰러져버렸다.

"어머, 아레스! 왜 아레스를 다치게 하는 거야?"

미의 여신 아프로디테가 곁에서 지켜보다가 덤벼들었지만, 아테나의 상대가 될 리 없었다. 아테나는 달려드는 아프로디테를 그대로 떠밀어서 땅에 눕혀버렸다. 아프로디테와 아레스는 사이좋게 땅바닥에 드러누워서 정신을 차리지 못했다. 그들을 보며 아테나는 혀를 찼다.

"어리석은 신들 같으니라고. 당신 때문에 전쟁이 길어지고 있는 거 아니야? 거기 누워서 반성하라고요."

아테나가 사라진 뒤에야 아레스는 비로소 정신을 차렸다. 자기가 도저히 아테나를 이길 수 없다는 것을 깨달은 아레스는 그 뒤로 아테나만 보면 가까이 가지 않고 멀리서 떠들기만 했다. 이렇게 신들 사이에도 갈등이 있고 다툼이 있는 것이 세상의 이치다.

한번은 농업의 여신 데메테르와 아레스 사이에서 싸움이 일어났다. 데메테르는 자신이 애써 농사를 지어 들판을 풍요롭게 만들어놓으면 전쟁이 일어나서 산천초목이 불타고 농사가 망쳐지는 것에 잔뜩 화가 나 있었다. 그녀는 아레스를 만나자마자 대뜸 쏘아붙였다.

"당신 때문에 내가 사랑하는 인간들이 먹고살기가 힘들어졌잖아요. 내가 힘들게 대지에 축복을 내리면 뭐 합니까? 전쟁으로 인간들이 다 불질러서 없애버리니……."

"하하하! 그게 어디 내 탓이오? 인간들이 어리석은 탓이지."

"당신이 전쟁을 부추겼잖아요!"

데메테르와 아레스는 말싸움을 벌이며 서로에게 삿대질을 했다. 데메테르가 불만을 가진 만큼 아레스 역시 쌓인 게 많았다.

"대지가 풍요로워지면 인간들이 당신의 신전에서 제사를 지내주니 당신은 기쁘겠지. 그런데 나를 위한 신전은 하나도 없다는 걸 알아?"

"그게 전쟁을 부추기는 이유란 말이에요? 고작 신전이 없다고?"

두 신은 계속 언쟁을 벌였다. 그때 등 뒤가 싸늘해지는 느낌에 아레스는 슬그머니 뒤를 돌아봤다. 한심하다는 표정으로 아테나가 자신을 쳐다보고 있는 것 아닌가.

"어험!"

아레스는 헛기침하면서 아무 일도 없었다는 듯 아테나를 외면하고는 슬쩍 자리를 피하려고 했다. 자신에게 맞서는 신이 둘씩이나 있으니 계속 그 자리에 있으면 피곤해질 게 분명했기 때문이다. 아테나는 빙긋 웃으며 자리를 뜨려는 아레스의 갑옷을 잡았다.

"어딜 가는 거요?"

"남이야 어딜 가든 말든."

"갑옷을 입고 있는 걸 보니 또 전쟁을 일으키려는 것이로군. 이 물건, 다 내가 빼앗아버리겠어."

아테나는 갑자기 달려들더니 아레스의 방패를 빼앗고 투구를 벗겼다. 갑옷도 뜯어내서 내팽개쳤다.

"이렇게 무장하고 다니면서 신들에게 싸움을 걸지 말란 말이에요. 아무리 건방진 그대라고 해도 신들을 함부로 대해선 안 돼."

아레스는 당황했다. 하지만 아테나를 이길 수 없으니, 저만치 나뒹구는 무기와 창을 주섬주섬 챙기면서 투덜거릴 뿐이었다.

"두고 보자."

아레스가 이를 갈았지만 아테나는 그저 웃기만 했다.

"두고 보자는 신치고 무서운 신 본 적 없지."

아레스가 허둥지둥 사라지는 것을 보며 아테나는 그의 꼴을 우습게 만들었다는 게 기분이 좋았다.

누구에게도 환영받지 못하는 아레스는 올림포스를 떠나 황급히 땅으로 내려갔다. 그곳에는 만만한 인간들이 잔뜩 있었다. 하지만 먼 훗날 인간 세상에서도 만만치 않은 자를 만나고 만다. 그는 바로 헤라클레스였다.

7

지혜의 여신 아테나

아레스조차 당황하게 만든 신, 아테나는 도대체 누구일까? 그 탄생부터 신비롭기 짝이 없다. 인간이건 신이건 태어날 때는 어머니의 자궁에서 나오게 되어 있다. 어머니의 분신으로 아버지의 정기를 받는 것이 모든 존재의 탄생 원리다. 육체는 그렇게 태어난다 해도 정신은 과연 어디에서 태어나는 것일까? 아테나 여신의 탄생 과정은 이런 의문에 답을 제시해준다.

정의로움의 상징인 아테나는 놀랍게도 제우스의 머리에서 태어났다. 이는 이성을 상징하는 것이기도 하다. 지혜는 결국 인간의 두뇌, 신의 두뇌에서 발생한다는 것을 고대인들은 이미 알고 있었다.

제우스가 이 세상의 승자가 되어 왕좌에 앉아 하늘과 땅을 다스리고 있을 때였다. 아무리 제우스가 지혜로운 신이라 해도 위기는 항상 존재하는 법이다. 어느 날, 모든 신들의 어머니이자 대지의 어머니 여신인 가이아가 모처럼 제우스 앞에 나타났다.

"이렇게 불길한 소식을 너에게 전해야 하다니 내 마음이 아프구나."

"무슨 말씀이십니까? 어서 말씀해주십시오. 어떤 일이 벌어진다는 것입니까?"

"너는 번갯불로 세상을 다스리고, 천둥으로 온 세상을 울리게 한다. 하지만 너에게 권력자로서, 최고의 우두머리로서 불행한 운명이 다가오고 있다. 너 자신의 과거를 돌아봐라."

제우스는 자신이 아버지 크로노스를 제거한 일이 떠올랐다.

"크로노스가 어땠느냐? 그 역시 너의 할아버지 우라노스를 제거하지 않았느냐?"

"맞습니다."

제우스의 얼굴이 조금씩 우울해졌다.

"너의 아들이 너를 왕좌에서 몰아낼 수도 있다. 너는 내 말을 잘 들어야 한다. 네가 메티스와 또다시 결혼하리라는 것을 나는 알고 있다."

메티스는 바다의 신 오케아노스의 딸로, 현명하고 사리 분명한 똑똑한 여신이었다. 제우스는 그런 점이 마음에 들어 헤라 말고 몰래 그녀와 사랑을 나눴다.

"너는 메티스에게서 아이를 낳게 될 것이다. 첫째인 아테나는 이미 배 속에 잉태되어 자라고 있지 않느냐."

"그 아이는 어떤 아이입니까?"

"참으로 지혜롭고 총명한 아이다. 어떤 신보다도 너에게 충성을 다하며 이 세상에 널리 사랑을 베풀 것이다."

"아, 정말 기쁜 일이로군요."

"그다음에 태어날 아이가 문제다. 그 아이도 역시 지혜롭고 힘세고 용감하지만 잔인하기도 하지. 나중에 이 아이가 힘을 얻어 세력을 넓히게 될 텐데, 그러면 너를 가만히 두지 않을 것이다. 만일 이 아이와의 전쟁에서 진다면 제우스 너 역시 하데스의 끝없는 저승에 던져질 것이다. 이 화려하고 구름 한 점 없는 올림포스의 궁전 대신 칠흑 같은 어둠 속 지하 감방이 네가 머무는 곳이 될 것이다. 그곳에서 영원히 쇠사슬에 묶인 채 빠져나오지 못하며 고통을 겪어야 할 것이다."

제우스는 심각한 얼굴로 말했다.

"부디 제 말씀을 이해해주십시오. 당신은 모든 신들의 어머니이십니다. 제게 하신 말씀을 의심할 생각은 없습니다. 그 말씀 그대로 이루어지리라는 것도 알고 있습니다. 하지만……."

"무엇이 문제냐?"

"하지만 중요한 건 그런 운명이 기다리고 있더라도 저는 굴하거나 피해서 도망가지 않을 거라는 겁니다. 운명을 꺾어보겠습니다. 전 신들의 왕 아닙니까?"

"나도 네가 그렇게 말할 것이라 생각했다. 그래서 내가 이런 얘기를 해준 것이다. 굳건한 의지로 너에게 다가올 운명을 잘 이겨내기 바란다. 알고 당하는 것과 모르고 당하는 것은 천지 차이니까."

가이아는 웃으면서 올림포스에서 떠났다. 가이아가 떠나자마자 제우스는 바로 메티스를 찾아갔다. 메티스는 벌써 배가 봉긋하게 불러 있었다.

"제우스, 어서 오세요."

"메티스, 잘 있었소?"

"오랜만에 오시니 더욱 반가운 것 같습니다."

제우스는 다정하게 침대에 누워 부드러운 목소리로 이야기를 나누며 메티스의 마음을 편하게 해주었다. 편안해진 메티스는 잠이 솔솔 왔다. 메티스는 어느새 깊이 잠들었다. 제우스는 과거에 자신의 아버지가 썼던 방법을 따라 해보기로 마음먹었다. 제우스는 몸집을 열 배로 키웠다. 몸집이 열 배로 커지자 입도 열 배로 커졌다. 제우스는 커다래진 입을 있는 힘껏 벌리더니 자고 있는 메티스를 번쩍 들어 올려 그대로 삼켜버렸다.

"무슨 짓……?"

말을 마치기도 전에 메티스는 제우스의 몸속으로 들어가 하나가 되고 말았다.

"메티스…… 미안하지만 이것밖에 방법이 없소. 자식들에게 배신당할 수는 없지 않소? 이제 그대와 나는 한 몸이 됐으니 내가 당신에게서 태어날 아이에게 당할 일은 절대 없을 거요."

그야말로 창의적인 문제 해결 방식이었다. 메티스는 그대로 녹아 제우스의 세포 하나하나에 스며들었다. 그런데 뜻밖의 일이 일어났다. 메티스의 지혜가 제우스에게 더해지기 시작한 것이다. 의혹에 싸였던 것

들이 순식간에 이해되고 해결책을 찾지 못했던 문제들이 술술 풀리기
시작했다.

"이게 다 메티스 덕분이로구나. 내가 새로워진 것 같다."

"축하드립니다."

신들은 앞다퉈 축하해주었다. 제우스는 더없이 기뻤다.

"으하하하! 더 좋은 일은 나를 배신할 아들이 이 세상에 태어날 리
없게 되었다는 것이다."

그러나 좋은 일은 거기까지였다. 올림포스로 돌아온 뒤 제우스는 몸
에 이상을 느꼈다. 여인이 입덧하듯 속이 울렁거렸다. 전에는 향기롭게
만 느껴지던 넥타르를 마셔도 토하기 일쑤였다.

"우웩! 우웩!"

"왜 그러십니까?"

"잘 모르겠다. 영 입맛이 없고 속이 울렁거리는구나."

그렇게 고생하다가 어느 날 갑자기 제우스는 비명을 질러댔다.

"왜 그러십니까?"

깜짝 놀란 신들이 걱정스러운 얼굴로 달려왔다.

"머리가 아프다! 머리가 쪼개질 것 같아."

메티스를 삼켜서 자신의 몸 안에서 녹였지만, 메티스의 배 속에 있는
아이까지 흡수할 수는 없었던 것이다.

"헤파이스토스, 내 머릿속에 뭔가 있는 것 같다. 어서 내 머리를 쪼개
보아라!"

"그러다가 큰일날 수도 있습니다."

아테나

아테나는 지혜와 전쟁의 여신으로, 정의로운 싸움과 지혜로운 결정을 상징해. 그녀는 다른 신들과 달리 전쟁을 좋아하기보다는 공정한 승리와 평화를 중요시했어. 이름 그대로 아테네의 수호신으로, 그곳 사람들에게 많은 사랑을 받았고 지혜와 전략의 중요성을 가르쳐 주었지. 지혜로 어려운 상황을 헤쳐 나가는 그녀의 모습은 우리에게 문제가 생겼을 때 성급하게 행동하기보다는 깊이 생각하고 결정 내리는 것이 얼마나 중요한지 일깨워 줘. 또한 정의와 평화가 결코 쉽게 얻어지는 것이 아니고, 지혜가 큰 힘이 될 수 있음을 보여주지.

"앞일을 생각할 게 아니다. 지금 당장이 큰일이다. 도저히 견딜 수 없구나. 어서 빨리 내 머리를 망치로 내리쳐라!"

"아, 알겠습니다."

제우스의 명령에 헤파이스토스는 어쩔 수 없이 그대로 망치를 휘둘러 제우스의 두개골을 쪼갰다. 인간이라면 살아남기 어려웠을 테지만, 제우스는 불멸의 존재였다. 제우스의 두개골이 열리더니 그 안에서 찬란한 빛이 뿜어져 나왔다.

"앗! 이럴 수가⋯⋯!"

모든 신들이 놀라 쳐다보는 가운데 제우스의 머릿속에서 여신 하나가 튀어나왔다. 놀랍게도 다 자란 성인의 모습으로, 갑옷과 투구와 창으로 무장한 채였다. 제우스의 머릿속에서 나온 여신은 창을 휘두르더니 공중제비를 하며 땅 위에 내려앉았다. 태어나자마자 이렇게 완벽한 모습인 신은 모두들 처음 보는 거였다. 땅이 흔들리고 지축이 울렸다. 새로운 여신의 탄생을 기뻐하듯 파도가 치고 구름이 마구 뒤엉켰다. 그 여신은 바로 아테나였다. 모두들 아테나를 쳐다보면서 외쳤다.

"아, 저이가 바로 아테나로구나."

"제우스의 머릿속에서 태어난 새로운 여신이야."

"우리의 새로운 동료가 나타났다. 모두들 반겨주자! 만세!"

신들은 편견이 없었다. 아테나를 바로 자신들의 동료로 받아들였다. 지혜의 여신 아테나는 이렇게 해서 또 하나의 여신으로 당당히 자리매김했다.

"내 딸아, 환영한다. 기왕 이렇게 되었으니 즐겁게 살도록 하자."

제우스의 말을 듣고 아테나는 주변을 둘러봤다. 다른 신들은 모두 아름다운 옷을 차려입은 지극히 평화로운 모습인데 자신만 금방이라도 전쟁에 나설 듯 갑옷을 입고 있었다.

"아버지, 죄송합니다. 제 신성한 무기들을 잠깐 내려놓겠습니다."

무기를 내려놓은 뒤 아테나는 아버지 제우스에게 예를 갖췄다. 제우스는 무척 기뻤다. 갓 태어난 딸이 이렇게 똑똑하고 지혜로운 모습을 보일 줄 몰랐기 때문이다.

"사랑하는 내 딸아, 너는 나에게 고통을 주었지만 또한 그만큼 기쁨도 주는구나."

"아버지, 저는 무기를 갖고 태어났지만 이것들을 사용하고 싶지 않습니다. 하지만 필요하다면 언제든지 무기를 들겠습니다."

"그래, 너는 인간들을 보호하고 이 세상의 평화를 지키도록 해라."

"예, 제 마음에 들지 않거나 이 세상을 어지럽히는 자들을 보면 기꺼이 무기를 들겠습니다."

존재를 드러내자마자 천명했듯, 아테나는 그때부터 전쟁도 불사하는 강력한 여신이 됐다. 한번 무기를 들고 나가서 싸우면 절대로 지지 않았기에 그녀는 아테나, 니케★라는 이름과 승리의 여신이라는 별명을 갖게 됐다. 그러나 아테나는 단순히 승리를 얻기 위해 싸우지는 않았다. 전쟁을 싫어했기에 평화를 지키기 위해 누구보다 강하게, 누구보다 빠르게, 누구보다 앞장서서 전쟁에 참여했을 뿐이다. 그녀는 인간들이 만들어온 위대한 문명과 그 아래 평화롭게 살아가는 사람들의 모습을 사랑했다.

"열심히 일해라. 일해서 뭔가를 만드는 것은 칭송받아 마땅한 일이다."

아테나는 노동하는 사람들을 사랑했고, 기술을 가지고 뭔가 생산적인 일을 하는 사람들을 보호해주었다. 아테나는 올림포스 궁전에서 평화롭게 노닐기보다는 사람들이 일하는 작업장이나 건설 현장을 지켜보면서 그들을 도와주며 시간을 보냈다. 때로는 사람들의 머리에 아이디어를 불어넣기도 하고, 기발한 물건을 발명할 수 있도록 지식을 알려주기도 했다. 이토록 인간들을 사랑한 아테나의 마음은 의미 있는 결과를 낳았다. 끊임없이 아이디어를 제공함으로써 인간을 발전시킨 것이다.

대표적인 것으로 베틀이 있다. 베를 짜고 옷을 만들어 입으려면 실이 필요하다. 실의 출발은 섬유다. 아테나는 섬유를 꼬아서 실 만드는 방법을 알려주었다. 사람들은 목화나 쐐기풀 같은 식물성 섬유는 물론이고 양이나 염소 털로도 실을 자았다. 그런데 이 실을 어떻게 써야 되는지 알지 못했다.

"인간들아, 그 실을 가로세로로 엮거나 고리를 하나 만들어 계속 이어가면 그게 천이

여기서 잠깐!!

청소년들이 좋아하는 브랜드 중 나이키가 있어. 바로 니케에게서 따온 이름으로, 승리의 여신이라는 뜻을 가지고 있지. 그 의미가 좋아서인지 요즘은 온라인 게임에서도 이 이름이 사용되고 있어. 당시 회사에서 마케팅을 담당했던 제프 존슨이 꿈속에서 니케 여신을 만나 나이키 브랜드를 만들었다고 해. 나이키의 날렵한 로고는 단돈 35달러에 팔렸어. 지금은 그 가치가 65만 달러에 달해. 나이키 로고는 여신의 날개와 달리기 트랙에 착안해 만들어졌어.

된단다."

피륙 만드는 방법을 알려준 것도 아테나다. 덕분에 거의 벌거벗은 채 살던 인간들은 옷을 걸치게 됐다. 옷을 입으면서 인간들은 추운 지역까지 진출할 수 있었다.

옷에 다른 색깔 실로 수를 놓아 아름답게 만드는 법 또한 아테나가 가르쳐주었다. 인간들은 천에 수를 놓아 그림을 그려 멋진 예술품을 만들었다. 뿐만 아니라 아테나는 땅을 파서 가마를 만들고 흙을 빚어 그릇을 만드는 방법도 알려주었다. 도자기를 빚는 물레도 아테나가 가르쳐준 지혜에서 비롯된 물건이다. 여인들에게 요리하는 법을 가르치고, 집 짓는 자들에게 수직 수평을 정확하게 맞추는 지혜를 알려준 것도 아테나다. 플루트와 트럼펫을 만들어 음악가들에게 전해주기도 했다. 한마디로 아테나는 새로운 아이디어를 끊임없이 제공해서 인류 문명이 발달할 수 있도록 도와주었다. 이렇게 문명이 발달하면서 문학과 예술, 과학이 고르게 꽃을 피웠다. 찬란한 그리스문명이 시작된 것이다.

8

공예가 아테나

강력한 전투력과 야성을 가진 여신이지만 그것이 아테나의 전부는 아니었다. 그녀는 평화가 유지될 때면 조용히 침잠하는 신이었다. 이럴 때 사람들은 그녀를 '수고의 여신'이라고 불렀다. 그녀는 전쟁으로 망가진 도시가 더 아름답게 더 훌륭하게 재건되도록 도와주었다. 또한 황폐한 사람들의 마음을 치료해주고 위안을 주었다. 그러기 위해 사람들에게는 생산적이고 집중할 수 있어서 마음이 차분해질 만한 일이 필요했다.

"그래, 누구나 옷은 입어야 하지. 베틀 앞에 앉아 천을 짜는 방법을 알려줘야겠다."

아테나는 커다란 베틀을 만들어놓고 형형색색 실들을 걸었다. 그리스 들판에 풀어놓고 기르는 양들의 털로 만든 실이었다. 양들은 정기적으로 털을 잘라야 하는데, 이를 잘 꼬면 실이 된다. 그 실들을 늘어뜨리고 그 사이에 날줄과 씨줄을 엮어서 아름다운 천을 짜는 기술은 아테나로부터 비롯됐다.

단순하고 예술적인 행동이 주는 치유의 능력은 놀라웠다. 아테나 역시 천을 짜면서 자신의 고민과 고통을 잊을 수 있었다. 아테나는 살아가는 데 유용한 이런저런 물건을 만드는 것에 관심이 많은 여신으로, 일하는 것을 좋아했다. 헤파이스토스가 모든 신들의 무기와 갑옷, 방패, 투구를 만들어준 신이라면 아테나는 자기가 만든 다양한 천으로 신들의 옷을 지어주는 것이 취미였다. 아테나의 옷 만드는 솜씨는 그 누구도 따라올 수 없을 만큼 빼어났다. 천을 짜면서 거기에 다가올 미래를 상징하는 아름다운 형상을 수놓았는데, 그 자체가 하나의 예술품처럼 보일 만큼 뛰어난 솜씨를 자랑했다. 인간은 도저히 견줄 수 없을 정도였다.

신들은 그 수가 제한되어 있지만 인간들은 많았다. 모든 신들의 옷을 지어 선물한 뒤 한숨을 돌리던 아테나는 어느 날 헐벗은 인간들을 보고 생각했다.

'그래, 인간들에게도 내가 만든 천을 선물해야겠다. 그것으로 옷을 만들어 입으면 다들 근사해 보일 거야.'

아테나는 자신의 기술을 여인들에게 알려주었다.

"옷이라는 것은 이렇게 만들면 된다. 잘 살펴보거라."

여인들은 아테나를 따라서 베틀을 만들고 천을 짜기 시작했다. 모르는 게 있으면 아테나가 다시 설명해주었다. 그렇게 기술이 전파되면서 서툴게 천을 짜던 인간들의 솜씨는 금세 능숙해져 많은 사람들이 멋진 옷을 만들 수 있게 됐다. 그러나 그 누구도 자신이 아테나보다 뛰어난 솜씨를 지녔다고 말하지는 못했다. 아테나야말로 직조술의 창시자이자 최고 기술자였기 때문이다. 하지만 인간은 교만한 존재다. 오랫동안 실력을 쌓다 보니 인간들 가운데도 뛰어난 능력을 가진 자들이 여기저기에서 많이 나타났다. 그 가운데 최고는 아라크네였다.

아라크네는 리디아 출신으로, 타고난 재능과 미적 감각으로 놀라운 예술품을 생산해냈다. 특히 양털을 섬세하게 꼬아 거미줄처럼 가늘고 긴 실을 뽑아내는 것으로 유명했다. 그 실로 짠 천이 얼마나 곱고 아름다웠는지 왕족이나 귀족들은 그녀에게 앞다퉈 사신을 보냈다.

"옷감 좀 보내주십시오. 당신이 만든 옷감은 최고의 선물입니다."

그녀가 천을 짜서 내놓으면 서로 갖겠다고 난리였다. 아라크네는 부지런히 천을 짰지만 한계가 있었다. 아라크네의 솜씨가 유명해지면서 찾는 사람이 점점 늘어나자 그녀가 짠 천은 더더욱 귀해졌다. 사람들은 입을 모아 아라크네의 작품을 칭송했다.

"이렇게 아름다운 천은 여신도 만들지 못할 거야."

"맞아. 이건 사람의 솜씨가 아니야. 신의 솜씨라고."

한두 번 이런 말을 들었을 때는 아라크네도 고개를 저었다.

"제 미천한 실력을 감히 신과 견주다니⋯⋯. 말도 안 돼요."

그러나 겸손은 금세 바닥나는 웅덩이 물과 같다. 계속되는 칭찬에 아라크네의 겸손은 점점 사라지고 그 자리에 오만이 자리 잡기 시작했다. 칭찬을 들을 때마다 아라크네는 조금씩 고개를 끄덕이더니 마침내 거들먹거리기 시작했다.

"제가 베틀을 좀 다루지요. 누구도 절 따라오기 힘들 겁니다."

그러면서 다른 여인이 짜놓은 천을 보면 콧방귀를 뀌며 날카로운 말로 상처를 주었다.

"이쪽이 좀 거칠군요. 그리고 그림 좀 보세요. 균형이 안 맞잖아요. 이런 작품을 보고 사람들이 감동하겠어요?"

누구보다 높은 안목을 가진 만큼 아라크네는 자신의 작품을 만들 때면 더욱 엄격해졌다. 덕분에 그녀의 솜씨는 갈수록 경지가 높아졌다. 그러면서 교만한 마음도 점점 커졌다.

'이 정도 솜씨면 아테나 여신보다 내가 뛰어나지 않을까.'

그런 가운데 아라크네의 작품이 아테나의 것보다 뛰어나다고 말하는 사람들도 슬슬 나타났다. 이 소문은 이내 올림포스에까지 전해졌다. 아테나도 이 소문을 듣고 말았다.

"뭐야? 인간인 주제에 아라크네가 나보다 뛰어난 솜씨를 가졌을 거라고 말한다고? 대체 뭘 믿고 그렇게 오만방자하게 군단 말이냐?"

아테나는 한번 직접 가서 봐야겠다는 생각이 들었다. 아라크네가 천을 짜는 모습은 과연 대단한 구경거리였다. 그녀가 천을 짜는 모습은 그 자체로 하나의 예술품 같았다. 수많은 사람들이 그녀의 아름다운 모습에 감탄했다. 아라크네는 베틀에서 금세 멋진 직물을 만들어냈다. 그녀가 베틀의 북을 좌우로 보내는 솜씨는 가히 신의 경지라 할 만했다.

새처럼 빠르게 북이 좌우로 왔다 갔다 하면서 직물이 쑥쑥 늘어나는 것을 바라보다 보면 어느새 천에는 생각지도 못했던 아름다운 형상들이 아로새겨졌다.

"와! 저 신묘한 솜씨를 봐!"

"정말 대단하군! 누구도 저 솜씨를 따라잡지 못할 거야."

그때 허리가 구부러진 노파가 지팡이를 짚고 나와 그 광경을 한참 바라보더니 말했다.

"아라크네, 당신의 작품에는 오만함이 배어 있습니다. 인간의 겸손함이 없네요."

그 말을 들은 아라크네는 기분이 나빴다.

"늙은 할망구가 뭘 안다고 그러는 거야?"

"비록 늙었지만 충고는 해드릴 수 있지요. 세상을 오랫동안 살았거든요. 당신의 솜씨는 매우 훌륭해서 이 세상 다른 사람들에 비하면 뛰어나다고 말씀하셔도 됩니다. 그러나 여신과는 비교하지 마세요. 여신과는 상대가 되지 않습니다. 한시라도 빨리 오만한 태도를 버리고 여신께 용서를 비셔야 합니다."

아라크네는 발끈하며 말했다.

"노인네가 노망이 났나 보군. 다른 사람에게 충고하기 전에 자기 자신이나 먼저 돌아보시지. 내가 그렇게 마음에 들지 않는다면 아테나가 왜 한 번도 내 앞에 나타나지 않는 걸까? 얼마든지 얼굴을 내밀 수 있을 텐데 말이야. 실력이 나보다 못하니까 부끄러워서 그런 것 아니냐고!"

"맞아. 맞아. 정말 그런 것 같아."

"여신은 정말 왜 안 나타나는 거야?"

사람들이 아테나를 비웃자 노파의 얼굴이 딱딱해지더니 다시 말을 이었다. 그런데 그 목소리는 조금 전까지 들리던 힘 없는 노파의 목소리가 아니었다. 온 하늘과 땅이 웅장하게 울리는 여신의 목소리였다.

"아라크네! 네가 바라는 대로 내가 이곳에 왔다. 나와 실력을 겨뤄보겠느냐?"

그와 동시에 노파의 모습이 변했다. 눈부신 광채가 뿜어져 나와 사람들은 모두 눈을 뜰 수 없었다. 노파는 바로 제우스의 딸 아테나였다.

"여, 여신님."

모든 사람들이 여신 앞에 무릎을 꿇었다. 아라크네는 놀라긴 했지만 무릎을 꿇지는 않았다. 오히려 여신이 나타난 것을 반겼다.

"비로소 제 앞에 모습을 드러내셨군요."

아라크네는 불행하게도 자신이 어떤 운명에 처했는지 전혀 짐작도 하지 못했다. 여신을 꺾은 최초의 여인이 되겠다는 욕망에 사로잡혀 아무것도 보이지 않게 된 것이다.

"그래, 네가 나에게 도전해보겠느냐?"

"기다리던 바입니다."

"어디 한번 너의 실력을 보자꾸나. 똑같은 베틀을 두 개 준비해라."

사람들은 허둥지둥하며 여신 앞에 베틀 하나를 가져다 놓았다. 팽팽한 날줄만 가지런히 걸려 있는 두 개의 베틀 앞에 여신과 아라크네가 마주 앉았다.

"자, 그러면 어디 솜씨를 발휘해봐라. 나는 나대로 해보겠다."

베틀에 앉은 채 여신과 여인은 시작 신호를 기다렸다. 누군가 징을 치자 마침내 천 짜기 시합이 시작됐다. 사람들이 구름처럼 몰려와 천 짜는 모습을 구경하기 시작했다. 아테나가 빠른 손으로 북을 좌우로 던지고 받는데 모든 동작이 물 흐르듯 이어졌다. 씨줄을 감은 북이 좌우로 날줄 사이를 날아다녔다. 리드미컬하게 중간중간 실을 바꾸고 원하는 곳에 정확하게 색실을 넣었다. 순식간에 직물이 모양을 드러냈다. 아라크네도 기다렸다는 듯이 자신의 작품을 만들기 시작했다.

'어디 한번 해보라지. 신들이 얼마나 추악한 존재인지 보여주겠어. 신이라는 존재는 인간의 제물을 받아먹는 주제에 인간을 조롱해대는 게 일이지. 이번에는 어디 한번 인간의 조롱을 받아보라고.'

둘의 천 짜는 속도는 엇비슷했다. 아라크네 역시 신의 경지에 이르렀다는 소리를 들을 만큼 뛰어난 솜씨를 지녔기 때문이다. 시간이 흘러 해가 떨어질 무렵, 작품이 완성됐다. 아테나는 베틀에서 일어서며 말했다.

"이제 사람들의 평가를 받아보자."

"좋습니다."

아테나와 아라크네는 최선을 다해 만든 예술품을 가지고 나와 몰려 있는 사람들에게 보여주었다. 여신의 작품은 아테네 아크로폴리스 광장을 배경으로 삼았다. 광장에서 수많은 사람들이 토론을 하고 있는 모습을 중심으로 빙 둘러가며 악인들을 벌주는 신의 모습이 수놓여 있었다. 테두리에는 올리브 나무가 장식되어서 그림을 전체적으로 돋보이게 해주었다. 보고만 있어도 평화롭고 여성스러운 느낌이 들었다.

"자, 다음은 아라크네의 작품입니다."

자청해서 진행을 맡은 자가 큰 소리로 외쳤다.

아라크네의 작품 역시 화려했다. 그런데 내용이 문제였다. 올림포스 신들의 애정 행각과 각종 치부를 수놓았다. 천에 표현된 신들은 하나같이 저열하고 음침하고 왠지 비겁해 보이는 모습이었다. 한마디로 신들을 조롱감으로 만든 작품이었다.

"이 작품은 신들이 우리에게 무슨 짓을 저질렀는지 표현한 것입니다."

청중은 일제히 외쳤다.

"참으로 뛰어난 작품이다."

그것을 보는 순간, 아테나는 분노가 치밀었다. 하지만 그녀는 여신이었다. 일단 아라크네의 오만함을 보고 덫을 놓았다.

"아라크네, 너의 솜씨는 정말 나에게 필적할 만하다. 진정 흠잡을 데가 없구나. 네가 만든 신들의 모습은 진정 살아 있는 듯 완벽하구나."

아라크네는 아테나가 놓은 덫에 걸려들고 말았다.

"제가 뭐라고 그랬습니까?"

아라크네는 교만하게 턱을 치켜들었다. 자신이 여신을 이겼다고 생각한 것이다.

"하지만 예술작품을 평가할 때는 솜씨보다 거기 담긴 내용을 중요하게 보는 법이다. 네 작품은 기술적으로는 완벽하나 네가 만든 그림을 보아라. 인간을 축복해주고 인간을 위해 노력하는 신들의 모습은 간데없고, 온통 비열하고 저급한 신들의 어둠만을 그렸구나. 이것을 보는 순간 인간들은 신에 대한 신뢰를 잃어버리고 자기들끼리 더 큰 혼란을 일으킬 것이다. 도덕과 인류도 땅에 떨어질 것이다. 인간이 신보다 위에

서겠다는 오만함으로 이 세상은 혼란에 빠질 것이다. 이런 것을 예술작품이라고 만든 자는 벌을 받아야 한다. 인간을 기쁘게 해주는 예술은 오만함으로 만들 수 있는 것이 아니다. 근본적으로 세상에 대한 사랑, 인간에 대한 존중이 담겨 있어야 되기 때문이다."

그 순간, 아라크네는 정신이 아찔했다. 아름다움에 대한 초심을 잃어버렸다는 것을 깨달았기 때문이다.

"이런 작품을 이 세상에 남기는 것은 죄악이다."

아테나는 신을 모욕한 아라크네의 작품을 갈기갈기 찢었다. 천 조각은 바람에 날려 형체도 없이 사라져버렸다. 아라크네는 당황했다.

"너는 벌을 받아야 한다."

그동안 아라크네는 천을 짜는 게 더없이 즐거웠다. 자신의 작품을 사람들에게 나눠주고 그들이 기뻐하는 모습을 보는 게 그녀의 행복이었다. 그런데 어느 순간 교만해져 이렇게 왜곡된 작품을 만든 것이다. 아라크네는 너무나 부끄럽고 수치스러웠다. 그녀는 고개를 돌려 아테나 여신의 작품을 봤다. 보고만 있어도 평화롭고 가슴이 벅차올랐다.

'아, 내가 어쩌다 이런 작품을 만들었을까? 신과 사람들을 보기가 너무나 부끄럽구나. 도저히 얼굴을 들고 살 수 없다.'

그녀는 옆에 있던 굵은 밧줄로 올가미를 만들어 목에 걸고는 그대로 뛰어내렸다. 하지만 아테나는 그녀가 쉽게 죽도록 놔두지 않았다.

"어리석은 인간아, 네가 그렇게 쉽게 죽을 수 있을 줄 알았느냐? 너에게 벌을 내리겠다. 실로 천 짜는 것을 좋아하는 너에게 어울리는 벌이다. 너와 네 후손들은 평생 실을 잣고 그물을 짜면서 살도록 해라."

아테나의 명령이 떨어지자 아라크네는 온몸에서 빛을 뿜더니 점점 작아져 결국 거미가 되고 말았다. 여덟 개의 발을 갖게 된 아라크네는 부끄러워하며 재빨리 기둥을 타고 올라가 천장과 기둥 사이에 몸을 숨겼다. 아라크네는 자신도 모르게 꽁무니에서 줄을 뿜어내며 거미줄을 치기 시작했다. 그것이 그녀가 만든 첫 번째 거미줄이었다. 잠시 후, 그녀의 몸에서 알들이 깨어나 새끼 거미들이 줄줄이 나오더니 바람을 타고 사방으로 날아가 곳곳에 거미줄을 만들기 시작했다.

지금도 그리스에서는 거미를 아라크네라고 부른다. 하루 종일 힘들게 거미줄을 짜지만, 누구도 수고했다고 칭송해주지 않는다. 오히려 더럽다고 걷어내거나 손가락으로 문질러 거미를 죽이기까지 한다. 이것이 바로 오만했던 그녀에게 내린, 지금까지 계속되고 있는 아테나 여신의 처벌이다. 이렇듯 가혹한 아테나는 완벽주의자이기도 했다.

9

테이레시아스와 에레크테우스

아테나는 기술자들을 사랑하고 예술을 사랑했지만 그 밖의 즐거움
이나 기쁨은 인정하지 않았다.

"예술과 기술보다 더 좋은 게 무엇이 있단 말이냐? 그런 건 없다."

다른 신들이 사랑에 빠지고 은밀한 곳에서 인간들을 유혹하며 행복
해하는 모습을 보면서도 아테나는 흔들리지 않았다. 그 누구도 사랑하
지 않았고, 다른 남자들이나 다른 남신들을 쳐다본 적도 없다. 그랬던
그녀이기에 순결함이 영원히 지켜질 줄 알았다.

아테나의 몸을 본 유일한 남자 테이레시아스는 여신의 몸을 눈에 담
자마자 맹인이 되어버리고 말았다. 눈이 먼 그를 보고도 아테나는 분이

풀리지 않았다. 순결한 여신의 아름다운 몸을 훔쳐본 죄를 지었기 때문이다. 하지만 그는 어떤 의도를 가지고 여신의 몸을 본 게 아니었다. 단지 우연이 겹친 결과였다. 아테나는 후회했다.

'아, 일부러 나를 훔쳐본 것도 아닌데, 너무 심한 벌을 내렸구나.'

하지만 신이 내린 명령을 뒤집을 순 없는 법이다. 아테나가 해줄 수 있는 것은 아무것도 없었다. 그녀는 제우스에게 요청했다.

"테이레시아스의 눈이 다시 보이게 해주십시오."

"그것은 안 된다. 신이 내린 상이나 벌은 영원히 변할 수 없다."

"제가 상황을 오해해서 과한 벌을 내렸습니다. 그럼 어찌해야 한단 말입니까?"

"벌을 보상할 만한 상을 내려주어라."

"상을요?"

"그래, 앞을 못 보게 된 것을 무엇으로 대신할 수 있을지 모르나 적절한 보상으로 갚아주도록 해라."

갑자기 눈이 보이지 않아 고통스러워하는 테이레시아스 앞에 아테나가 나타났다. 아무것도 보이지 않지만 밀려드는 위압감에 테이레시아스는 자기 앞에 아테나 여신이 나타났음을 직감했다. 테이레시아스는 눈물을 흘리며 두 손을 앞으로 뻗었다.

"아테나 여신이시여, 이 죄인 앞에 어찌 오셨습니까? 다시 한번 용서를 비옵니다. 이 못난 인간을 제발 굽어살펴주시옵소서."

아테나는 인자하게 말했다.

"테이레시아스여, 나는 너에게 성급하게 벌을 내린 것을 후회하고 있다. 하지만 빼앗긴 시각을 다시 돌려줄 수는 없다. 너에게 대신 통찰력을 주려고 한다. 미래를 내다볼 수 있는 능력을 줄 테니, 그 능력에 기대 살아가도록 해라."★

"아아!"

다시는 앞을 보지 못하리라는 사실에 절망했지만, 테이레시아스는 어쩔 수 없었다.

"이것을 받아라."

아테나가 건넨 것은 양치기들이 쓰는 가늘고 끝이 휘어진 지팡이였다.

"이 지팡이는 주위를 예민하게 살펴 너의 눈이 되어줄 것이다. 이것을 휘두르며 걸으면 앞에 무엇이 있는지 느낄 수 있어 앞을 보는 자와 다름없이 살아갈 수 있을 것이다."

신의 선물 덕분에 테이레시아스는 미래를 내다보는 위대한 예언자가 될 수 있었다. 아테나는 엄격하고 냉혹한 것 같지만 이렇게 따뜻한 면도 가지고 있었다. 그래서 신들 중에서도 요즘 말로 하면 아이돌처럼 사랑을 받았다. 그만큼 많은 미덕을 선보였다. 사람들을 사랑하며 덕을 베풀었기에 그리스 사람들은 곳곳에서 이 여신을 숭배하고 칭송했다. 많은 도시들

여기서 잠깐!!

테이레시아스가 눈이 먼 것과 관련해서는 다른 이야기도 전해져. 바로 제우스와 헤라의 가벼운 농담 때문이라는 거지. 남녀가 사랑할 때 누가 더 쾌락을 느끼나 이야기하던 제우스와 헤라는 테이레시아스에게 물어보기로 했어. 원래 제우스의 사제였던 그는 길을 가다가 뱀 두 마리가 사랑하는 것을 보고는 암컷을 때려죽였어. 그러자 갑자기 여자로 변해버렸지. 헤라의 사제가 된 테이레시아스는 결혼도 하고 아기도 낳으며 행복하게 살았어. 그런데 7년 뒤 또 길에서 사랑하는 뱀들을 보고는 수컷을 때려죽여서 다시 남자의 몸이 되었어. 이렇게 남녀의 몸을 다 가져봤기에 테이레시아스를 불러다가 물어본 거야. 테이레시아스는 여자가 훨씬 더 큰 쾌락을 느낀다며 제우스의 손을 들어주었어. 그러자 화가 난 헤라가 그를 맹인으로 만들어버렸다고 해.

이 앞다퉈 아테나를 수호신으로 삼아 조각상을 세우고 신전을 만들었다. 그리스 사람들은 누구나 아테나 조각상을 소중하게 여겼다.

그 많은 도시들 중에서도 최고의 도시는 아테네였다. 자신의 이름을 딴 그 도시를 아테나는 정말로 사랑했다. 아테네 사람들 역시 신들 가운데 최고의 신은 아테나라고 여기며 아크로폴리스와 대부분의 신전을 아테나에게 바쳤다. 그 모습을 보고 고마움을 느낀 아테나는 말했다.

"나, 아테나 여신은 나를 추앙하는 아테네를 가장 강한 도시로 만들어줄 것이다."

아테네를 건국하고 최초로 왕이 된 케크롭스의 뒤를 이어 에레크테우스가 아테네의 왕이 되었다. 에레크테우스 역시 아테나의 도움을 많이 받았다. 에레크테우스의 출생에 대해서는 여러 가지 이야기가 전해진다. 아테나가 헤파이스토스와 정을 통해 낳은 아들이라는 이야기도 있지만, 아테나가 열심히 일하는 순결한 여신이라는 상징 때문에 사람들은 그 이야기를 믿지 않았다. 결국 새로운 신화가 만들어졌으니, 에레크테우스가 땅에서 왔다는 것이었다. 다시 말해, 그의 어머니는 가이아라고 했다.

가이아는 아기를 낳았지만 키우고 싶은 마음이 전혀 없었다.

"안 되겠다. 이 아이를 아테나에게 데려다줘야겠다. 아테나라면 잘 키워줄 거야."

아테나를 만나자마자 가이아는 아기를 내려놓고 사라져버렸다. 자신의 아이를 키울 수 없다고 구구절절 설명하는 것조차 괴로웠기 때문이다. 그러나 아테나는 그 마음을 모두 이해했다. 가이아가 찾아와 아기를 맡기는데 거절할 수도 없었다.

"제가 잘 기르겠습니다."

아테나는 이 아기가 신의 아들이란 것을 알고 못된 신이나 괴물이 와서 해코지할까 봐 요람 안에 뱀을 한 마리 넣어놓았다. 그런 뒤 요람의 뚜껑을 덮고는 아기를 돌봐줄 사람을 찾았다. 아테나는 케크롭스 왕의 셋째 딸 아글라우로스 앞에 나타났다. 아글라우로스는 여신을 반갑게 맞았다.

"어서 오십시오, 여신님."

"너에게 부탁이 있어서 왔다. 이 바구니 안에 아기가 들어 있는데, 절대로 열어보면 안 된다. 내 말을 어기면 큰 봉변을 당할 것이다."

신들은 인간에게 은혜를 주거나 선물을 줄 때 항상 단서를 다는 법이다. 인간을 겸손하게 만들고 순응하도록 이끌려는 의도다. 아테나는 아이를 키운다는 것을 비밀로 하고 싶어서 이 같은 조건을 붙였다.

"나는 지금 아크로폴리스 성벽 건축을 도와줘야 하기 때문에 아기를 돌볼 수 없다. 잠깐만 맡아주면 내가 다시 찾으러 오겠다."

"알겠습니다. 안심하고 다녀오십시오."

바구니를 받아 든 아글라우로스는 궁금해서 미칠 것만 같았다.

'바구니 안에 정말 아기가 들어 있는 걸까? 왜 못 보게 하시는 거지? 왜 나에게 맡기신 거야? 아, 궁금하다. 정말 미치겠네. 아니야. 여신님이 당부하셨는데 어길 순 없지. 참아야 해. 참아야 한다고.'

하지만 바구니를 보면 볼수록 궁금했다.

'안 되겠다. 살짝 보면 모르실 거야.'

아글라우로스는 신의 명령을 어기고 바구니 뚜껑을 살짝 열었다. 어두운 바구니 속에서 파란 불빛 두 개가 보였다. 순간, 쉭 소리가 나더니 뱀이 머리를 치켜들고 요람 밖으로 튀어나왔다.

"아악!"

깜짝 놀란 아글라우로스는 그대로 뒤로 자빠졌다. 그러고는 벌떡 일어나 도망치기 시작했다. 한없이 도망치던 아글라우로스는 그만 아크로폴리스 성벽 아래로 곤두박질쳐서 굴러떨어지다가 밑에 있는 바위에 부딪혀 죽고 말았다. 이 광경을 본 까마귀가 아테나에게 날아갔다.

"여신님, 아기를 맡았던 여인이 여신님의 말씀을 어기고 바구니를 열었습니다. 그러고는 뱀이 튀어나오자 깜짝 놀라 도망치다가 죽어버렸습니다."

이때 아테나는 한창 아크로폴리스 성벽 공사를 돕고 있는 중이었다. 그녀는 손에 들고 있던 거대한 바위를 던져버리고는 허둥지둥 아기에게 달려갔다. 다행스럽게도 아기는 요람 안에서 곤하게 자고 있었다.

"다행이로구나."

아기를 번쩍 안은 여신은 자신의 신전으로 돌아갔다.

"아기를 남에게 맡기는 건 위험한 일이로구나. 안 되겠다."

그때 아테나가 던져버린 바위는 지금도 아테네 한복판에 솟아 있다. 사람들은 이를 리카베투스 언덕이라고 부른다. 한편, 호기심 많은 까마귀는 쫓아와서 일이 어떻게 되나 보려고 계속 기웃거리고 있었다. 아테나의 비밀을 알고 있는 것은 오직 까마귀뿐이었다.

"너는 내일이 오면 사방팔방 다니면서 나의 비밀을 시끄럽게 떠들어

댈 것 같구나. 사람들에게 네가 본 것을 말하지 못하도록 너를 바꿔놓아야겠다."

하얗던 까마귀는 순식간에 까맣게 변하고 목소리도 거칠고 음흉해졌다. 아무리 소문을 퍼뜨리려고 해도 사람들은 더 이상 까마귀의 말을 알아들을 수 없었다. 그저 죽음의 신이 누군가를 데려가려고 나타날 때마다 미리 와서 깍깍대며 우는 까마귀를 보고 죽음의 상징이라고 생각하게 됐다. 불길한 새가 되어버린 것이다. 아크로폴리스 부근에서 지금도 까마귀를 찾아볼 수 없는 것은 바로 이런 이유 때문이다.

그전까지는 까마귀를 총애했던 아테나 여신은 좀 더 듬직하고 시끄럽지 않은 동물을 자신의 상징으로 삼고 싶었다. 그러다 밤에도 소리 없이 날아가는 새, 올빼미에게 눈길이 쏠렸다.

"올빼미, 너는 나에게 오너라."

날갯소리도 없이 조용히 날아온 올빼미를 쓰다듬어주면서 아테나가 말했다.

"너는 이제 나의 심부름꾼이 되어라. 밤에도 잠들지 않는 너의 동그란 눈은 나의 지혜와 깊은 생각을 상징하게 될 것이다. 눈을 부릅뜨고 진리를 지켜봐라."

그리하여 올빼미는 지혜의 상징이 됐다.

한편, 아테나는 자신의 손으로 직접 에레크테우스를 키웠다. 훌륭한 남자로 성장한 에레크테우스는 왕위에 올랐다. 사람들이 편안하게 물건을 나를 수 있도록 나무 상자에 바퀴를 달아 수레를 만들고, 은으로 화폐를 만드는 등 그의 치세하에서 아테네는 더욱더 발전했다. 그렇다고 에레크테우스에게 항상 즐거운 일만 있었던 것은 아니다. 아테네의 이웃 나라 엘레우시스의 왕 에우몰포스는 포세이돈의 아들이었다. 에레크테우스는 아테네를 침범한 그와 맞서다 죽이고 말았다. 이 일로 에레크테우스는 포세이돈의 원한을 사게 됐다.

"감히 내 아들을 죽이다니! 가만두지 않겠다!"

진노한 포세이돈은 직접 전투에 나서 단박에 에레크테우스를 죽여 버렸다. 아테네 백성들은 슬픔에 잠겼다. 이들은 죽은 왕을 아크로폴리스 언덕 꼭대기에 묻은 뒤 그 위에 거대한 신전을 만들고는 에렉테움이라 이름 붙였다. 하지만 에레크테우스의 죽음은 헛되지 않았다. 그의 후손 중 수없이 많은 영웅들이 나왔다. 페르세우스도 그의 후손이다.

10

해신 포세이돈

아티카라는 도시국가가 세워졌다. 그곳의 왕은 케크롭스였다. 그는 놀랍게도 대지의 여신 가이아의 아들이었다. 신들의 족보로 따지면 상당히 높은 위치를 차지하는 셈이다. 그래서인지 반인반수의 몸을 지닌 그는 허리 위는 사람의 형태이지만 허리 아래는 커다란 뱀의 모습을 한 채 똬리를 틀고 있었다. 멋진 도시국가를 만들고 잘 통치해보려고 마음을 먹고 있는 그의 앞에 신이 하나 나타났다. 그는 한창 나라를 건설하고 있는 케크롭스를 만나자마자 말했다.

"새로운 왕 케크롭스는 듣거라! 나는 바다의 신 포세이돈이다! 이 도시가 마음에 드는구나. 나에게 이 도시를 바쳐라."

신들 중에서도 높은 신인 포세이돈을 보자 케크롭스는 고개를 조아렸다. 뭐라 말해야 할지 알 수 없었기 때문이다.

"나에게 이 도시를 바친 뒤 포세이도니아라고 이름 지으면 좋겠구나. 으하하하!"

이름까지 정해놓고 도시를 자신에게 바치라고 요구하는 포세이돈 앞에서 케크롭스는 어찌할 바를 몰라 쩔쩔맸다. 야망에 찬 포세이돈의 목소리는 계속됐다.

"내 말을 듣는다면 충분히 보상해주마. 이 세상에 공짜는 없는 법이지. 너의 도시는 온 바다를 지배하는 힘을 갖게 될 것이다. 또한 그 어떤 자도 감히 도전하지 못하도록 내가 막아주마. 물론 너희들의 배는 바다 위를 순탄하게 항해하게 될 것이다."

케크롭스가 뭐라고 답하기도 전에 포세이돈은 자신의 삼지창을 치켜들더니 바위 위에 꽂아버렸다. 그러자 벼락 치는 소리가 나면서 바위가 쪼개지더니 그곳에서 샘물이 샘솟았다. 쪼개진 부분이 지하 수맥과 연결되면서 바닷물이 샘솟았던 것이다.

"자, 이 물은 네게 주는 나의 증표이며 선물이다. 앞으로 도시가 번성하면 바다를 항해할 일이 생길 것이다. 그때는 꼭 이곳에 와서 나에게 경배하라. 그리고 이 바위에 귀를 대보거라."

"그러면 어찌 되옵니까?"

"으르렁 소리가 들리거든 바다 깊은 곳에서 폭풍우가 밀려오고 있다는 뜻이니 절대 배를 띄워선 안 된다. 무모하게 배를 띄운다면 그 배는 뒤집어질 것이다. 아무 소리도 안 들린다면 그때는 항해해도 좋다."

놀라운 약속이었다. 당시에는 날씨를 예측하는 게 힘들어서 배들이 항해하다가 난파당하는 일이 부지기수였다. 그야말로 큰 선물이었다.

포세이돈이 어떤 신인가. 바다를 다스리는 신이다. 그의 위력은 신들의 왕인 제우스의 형이라는 사실만으로도 증명된다. 그의 아버지는 크로노스다. 제우스가 형식상으로는 온 세상의 우두머리 신이긴 하지만, 그 밑에서 영역을 나눠 바다만은 포세이돈의 것이었다. 바다는 인간에게 수없이 많은 혜택을 주는 동시에 인간의 희생을 요구하는 위험한 곳이다. 포세이돈이 화가 나면 바다에는 폭풍우가 몰아쳤다. 수많은 배들이 포세이돈이 휘두르는 삼지창에 의해 바다에 빠져 형체도 찾을 수 없게 가라앉았다. 산더미 같은 파도가 치고 거대한 해일이 밀려오는 것도 다 포세이돈의 뜻이었다. 파도에 의해 도시가 파괴되거나 모래사장이 파이는 건 일도 아니었다. 이런 때 바다에 떠 있는 배는 낙엽만도 못했다. 배에 탄 인간들은 그대로 불귀의 객이 됐다. 이런 것만 봐도 포세이돈이야말로 신들 가운데 가장 숭고하고 가장 두려운 존재라 하겠다.

하지만 그렇다고 해서 포세이돈이 언제나 화만 내는 것은 아니었다. 어느 순간, 그의 화가 가라앉으면 바다는 언제 그랬느냐는 듯 잔잔해지며 인간들에게 아름다움을 선물했다. 배가 쏜살처럼 원하는 목적지까지 갈 수 있을 뿐만 아니라 돌고래가 평화로운 노래를 불러주곤 했다. 그러니 배를 타는 사람들은 자신의 생명줄을 쥔 포세이돈을 경배했다.

"바다의 신 포세이돈이시여, 무사히 항해하게 해주셔서 감사합니다."

"당신께 제물을 바칩니다. 돌아가는 길도 안전하게 항해할 수 있도록 지켜주소서!"

포세이돈

포세이돈은 바다의 신이야. 바다를 다스리며, 배들이 안전하게 항해할 수 있도록 도와주었어. 그를 잘 섬기면 별 탈이 없지만 화를 사면 거센 폭풍이나 지진을 일으키기도 했어. 포세이돈의 무기 삼지창은 그의 힘을 상징했어. 그는 바다 생물들과 교감하며, 물고기나 돌고래를 전령으로 쓰기도 했지. 그와 버금가는 신으로는 형제지간인 제우스와 하데스가 있어. 그런데 포세이돈은 괴팍한 신이라 사람들은 그를 기쁘게 하기 위해 바다에 제물을 바치기도 했어.

사람들은 언제나 그에게 간절히 기도했고, 보호를 요청했다. 이렇게 많은 사람들에게 기원의 대상이었던 포세이돈은 다른 신들처럼 자신의 이름을 딴 도시를 갖고 싶었다. 자신이 책임지고 지켜줄 도시가 하나쯤 있었으면 한 것이다.

"나를 영원히 기려줄 도시를 하나 가져야겠다. 그래서 오래도록 지켜주고 보호해줘야겠다."

그렇게 찾아낸 도시가 바로 아티카의 신도시 케크로피아였던 것이다. 하지만 인간도 그렇듯 새것은 신들도 좋아하고 탐을 내는 법이다. 포세이돈이 와서 먼저 눈독을 들인 이 도시에 또 다른 신이 나타났다. 갑작스레 나타난 포세이돈을 보고 케크롭스가 놀란 마음을 진정시키지 못하고 왕좌에 앉아 쉬고 있는데 찬란한 빛이 비치더니 아테나가 나타났다.

"놀라지 마라. 나는 아테나다."

"여신께서 어쩐 일이십니까?"

깜짝 놀란 케크롭스는 바닥에 엎드렸다. 두려운 마음을 가눌 길 없었다.

"나는 이 도시가 마음에 든다. 나의 이름을 따서 도시의 이름을 짓고 나를 숭배하는 도시로 만들어준다면 이 도시에 아름다움을 주겠다. 또한 모든 지혜와 지식이 이 도시에서부터 온 세상으로 퍼져 나가도록 해주겠다."

참으로 멋진 제안이었다. 케크롭스는 이게 대체 무슨 일인가 싶었다.

"뿐만 아니라 과학과 기술과 문학이 이곳에서 꽃피게 해주겠다. 이곳에서 피어나는 아름다운 문화와 문물이 온 세상을 밝게 빛나게 해줄 것이다. 이보다 더 큰 선물이 어디 있겠느냐?"

"저, 그런데……."

케크롭스는 전후 사정을 이야기하려 했다. 어렵게 입을 떼려는데 아테나 역시 창으로 바위를 내리쳤다.

쿠구궁!

지진이라도 난 것처럼 땅이 울리더니 갈라진 틈에서 새싹이 돋아나 순식간에 커다란 올리브 나무로 자라났다. 그 나무에 주렁주렁 매달린 올리브 열매는 다름 아닌 풍요의 상징이었다.

"받아라. 이것은 나의 선물이다. 이 나무에서 퍼져 나온 나무들이 온 아티카를 뒤덮을 것이고, 그 열매가 너희들의 배고픔을 채워줄 것이다. 이 열매를 짜면 기름이 나오는데, 그 기름으로 각종 음식을 튀기거나 볶아 먹을 수 있다. 뿐만 아니라 그 기름에 심지를 박아 불을 켜면 너희들은 어둠으로부터 해방될 것이다."

일단 신이 준 선물이 고맙기만 했다. 왕은 감사하는 마음에 연신 머리를 조아렸다. 이를 본 아테나는 신이 나서 나무에 대해 계속 설명했다.

"이 나무는 또한 잎사귀가 성스러운 나무여서 평화의 상징으로도 쓰일 것이다."

케크롭스는 포세이돈의 가호로 무사히 바다를 항해하는 것보다 자신의 도시가 온 세계의 문화 중심지가 될 수 있다는 게 더욱 마음에 들었다. 문화야말로 인간의 영혼과 정신을 지배하는 것이고, 그것이 실현되면 부와 명예는 자동으로 따라올 것임을 알고 있었기 때문이다. 바다가 요동치고 폭풍우가 몰아쳐도 지중해 인근 나라에서는 모두 찬란한 문화가 빛나는 이곳에 오고 싶어 할 것이니 가만히 있어도 문명이 활짝 꽃필 것이다. 케크롭스는 가슴이 벅차오르며 말도 못 할 정도로 설렜다.

"자, 나의 제안이 어떠냐?"

다른 왕이었다면 벌써 절을 하고 여신의 제안을 받아들였을 것이다. 하지만 케크롭스는 두려웠다. 먼저 다가온 포세이돈을 생각하지 않을 수 없었기 때문이다.

"여신님의 제안은 참으로 감사한 일입니다. 하지만……."

"그런데 무엇이 문제냐?"

케크롭스는 잠시 망설였다. 그러나 인간인 자신이 할 수 있는 일이 없어 보였다. 에라 모르겠다는 심정으로 다 털어놓았다.

"다른 신께서 이미 오셨다 가셨습니다. 그 신께서도 이 도시를 자신의 도시로 삼겠다고 말씀하셨습니다."

이번에 놀란 것은 아테나였다. 자신이 그 누구보다 먼저 왔다고 생각했는데 더 발 빠른 신이 있다니, 믿을 수 없었다.

"그게 대체 누구란 말이냐?"

"말씀드리기 죄송하지만, 바로 포세이돈 신이십니다."

그 순간, 바다에서 포세이돈이 튀어 올라와 그 자리에 섰다.

"이게 도대체 무슨 일이냐?"

포세이돈은 아테나가 자신이 눈독 들인 도시에 나타난 것을 알고 황급히 달려왔다. 포세이돈을 본 아테나는 낭패한 표정이 됐다.

"그대는 이곳을 어떻게 알고 나보다 먼저 왔단 말이오?"

케크롭스를 만났을 때는 부탁하느라 최대한 온화한 표정을 짓고 있던 포세이돈의 얼굴이 잔뜩 일그러졌다. 그가 뿜어내는 차가운 냉기가 사람들을 오그라들게 만들었다.

"아테나, 감히 건방지게 내가 먼저 차지한 도시를 빼앗겠다고 온 것이냐?"

"대체 누구의 허락을 받았길래 이 도시가 당신 것이라는 거요?"

아테나는 지지 않고 마주 봤다.

"나는 신이다. 허락받을 필요 따위는 없다. 내 맘에 들면 당연히 내 도시가 되는 것이다."

"하하, 그런 억지가 어디 있소? 당연히 사람들의 마음을 사야 하는 법이거늘. 나는 저들이 유용하게 쓸 수 있는 올리브를 선물했소. 당신은 대체 무엇을 선물했지?"

포세이돈은 자신이 준 건 고작 샘물뿐이라는 생각에 화가 치밀었다.

"에잇, 저놈의 올리브 나무……. 내가 다 없애버리겠다."

포세이돈은 쑥쑥 퍼져 나가고 있는 올리브 나무를 뽑아버리겠다며 달려갔다. 그러나 아테나가 그의 앞을 막아섰다.

"누구 맘대로? 저 나무는 내가 심은 것이다!"

"지금 감히 내 앞을 막는 건가! 아무리 같은 신이지만 이것은 있을 수 없는 일이다. 인간들이 보는 앞에서 내 앞을 가로막다니……."

"인간들이 보는 앞에서 욕심을 부리고 있는 건 당신이오. 체통을 차리시오."

주위를 둘러보니 왕을 비롯해 사람들이 몰려나와 신들의 싸움을 지켜보고 있는 것 아닌가. 두려워하면서도 흥미진진해하는 사람들의 얼굴에 포세이돈은 치밀어오르는 모욕감을 참을 수 없었다. 그는 아테나에게 손가락질하며 소리쳤다.

"결투를 하자!"

"좋소. 덤비시오."

창을 단단히 꼬나들고 아테나는 싸울 태세를 갖췄다. 포세이돈도 자신의 삼지창을 들어 아테나를 겨눴다.

"아이고! 신들이 싸운다."

"신들이 전쟁을 벌인 곳은 폐허가 되어버리는데, 큰일이다!"

사람들은 모두 두려워 벌벌 떨며 서둘러 자신의 집으로 도망쳤다. 이를 본 포세이돈은 자신의 인상이 더욱 나빠질 것만 같아 속이 탔다.

"에잇!"

포세이돈이 먼저 창을 높이 들었다가 냅다 찌르며 달려들었다. 신이 세상을 만든 이래 인간들이 보는 앞에서 신들끼리 싸우는 역사적 장면이 벌어진 것이다. 싸움이 벌어지려는 한복판에서 오색광채가 뿜어져 나왔다.

"아악, 눈부셔!"

"눈을 못 뜨겠어!"

지켜보던 사람들이 모두 눈을 가리며 소리쳤다. 놀랍게도 그곳에 나타난 것은 제우스였다. 그는 온 세상이 쩌렁쩌렁 울릴 듯한 목소리로 말했다.

"당장 멈춰라!"

순간 아테나와 포세이돈은 모두 한쪽 무릎을 꿇고 예를 표했다.

"너희들은 어찌하여 인간들이 보는 앞에서 체통도 지키지 못하고 싸움을 벌이려고 한단 말이냐? 당장 무기를 거둬라."

신들의 아버지이자 우주의 통치자인 제우스였다. 감히 그의 권위에 도전할 수는 없는 법. 포세이돈은 무기를 간수한 뒤 애원하는 태도로 제우스에게 말했다.

"잘 오셨습니다, 제우스 신이시여. 내가 먼저 이 땅에 와서 나의 이름을 따서 도시 이름을 지으라고 이야기했는데, 저 건방진 아테나가 뒤늦게 오더니 올리브 나무 하나를 주면서 자신의 것으로 삼겠다고 하는 것 아닙니까. 이렇게 말이 안 되는 경우가 있습니까?"

막내로 태어났지만 가장 먼저 완벽한 신의 모습을 갖춰 맏이 역할을 했기에 포세이돈은 제우스에게 존댓말을 했다. 포세이돈은 불만을 토로하며 여차하면 가만히 있지 않겠다는 뜻을 내비쳤다. 그러자 아테나도 나섰다.

"신들의 아버지인 제우스 신이시여, 신은 인간들에게 좋은 것을 주는 존재입니다. 이곳을 나의 도시로 만들어 풍요와 아름다움이 넘치고 문화가 살아 숨 쉬는 곳으로 만들려고 하는데, 가까운 곳에 있어서 먼저 왔다는 이유로 포세이돈이 말도 안 되는 억지를 쓰고 있습니다."

제우스는 양쪽 이야기를 모두 다 들었다. 판결을 내려야 했기 때문이다. 제우스의 마음은 아테나에게 살짝 기울었다. 평상시에도 아테나를 좋아하고 아꼈던 그는 이 아름다운 도시를 아테나에게 주고 싶었다. 하지만 포세이돈의 거친 성미가 걱정됐다. 그 자리에서 빼앗으면 포세이돈이 화를 내며 자신에게까지 창을 겨눌 게 분명했기 때문이다. 이럴 때 지도자들은 대개 자신의 결정을 다수에게 미루는 법이다. 다수의 동의에 의해 결정하면 권위를 얻기도 하지만 문제가 생겨도 책임을 회피할 수 있기 때문이다. 이건 신이나 인간이 다 마찬가지다.

"좋다. 이런 문제는 우리가 쉽게 결정할 게 아니라 다른 신들에게도 물어봐야 한다. 그들의 의견을 듣고 나서 누가 도시의 수호신이 되는 것이 좋을지 결정하겠다. 신들은 모두 모여라."

제우스의 명에 따라 모든 올림포스의 신들이 달려왔다. 아크로폴리스에 모인 신들은 자초지종을 듣고 결정하기로 했다. 케크롭스는 자신이 겪은 일을 소상히 설명했다. 그는 마지막으로 덧붙였다.

"저와 아티카의 모든 백성들은 신들의 가호 덕분에 무사히 살아가고 있습니다. 신들께서 결정하시는 대로 따르겠습니다. 결정되는 대로 그에 따라 조각상을 만들고 신전을 세우겠습니다. 이 모든 것을 수호신이 되실 분께 바치겠습니다."

신들 사이에서 격론이 벌어졌다.

"새로운 도시는 포세이돈에게 줘야 합니다. 포세이돈을 추앙하는 도시는 아직 없지 않습니까?"

"무슨 소립니까? 아테나가 자신의 지혜를 선물한다고 하지 않습니까? 도시의 번영을 위해 그보다 좋은 선물이 어디 있겠습니까?"

신들이 격론을 벌였지만 도무지 결론이 나지 않았다.

"안 되겠다. 투표로 결정하자."

그리하여 올림포스의 열두 신은 투표를 했다. 여신들은 모두 아테나의 편을 들고 남신들은 모두 포세이돈의 편을 들었다. 6 대 5 상황에서 마지막으로 제우스의 표가 남았다. 제우스는 어느 쪽도 편들 수 없었다.

"어서 표를 행사하시지요."

하지만 제우스는 발을 뺐다.

"나는 중립을 지켜야 하기 때문에 안타깝게도 표를 행사할 수 없다."

포세이돈의 재촉에 제우스는 고개를 저었다. 그러나 사실 여기에는 제우스가 의도한 바가 있었다. 자신의 딸 아테나가 이 도시를 받게 하려는 고도의 술책이었던 것이다.

"자, 모든 신 앞에서 이야기한 대로 이 도시는 아테나에게 주고, 도시의 이름을 아테네로 정하겠다."

결정이 내려졌다. 신들은 모두 자기 갈 길로 떠나버렸다. 남은 것은 포세이돈뿐이었다.

"이럴 수가……. 내가 이 도시를 얼마나 원했는데……."

화가 치민 포세이돈은 도저히 그대로 돌아갈 수 없었다.

"내가 갖지 못한다면 차라리 망가뜨려버리겠다."

바다에 뛰어든 포세이돈은 삼지창을 마구 흔들어댔다. 엄청난 파도와 폭풍우가 몰려오기 시작했다. 며칠이나 폭풍우가 계속되자 온 도시가 물에 잠기고 성벽이 무너졌다.

"사람 살려!"

"이런 폭풍우는 처음이야. 포세이돈 신이 분노하셨다!"

아테네 사람들은 신전으로 몰려가 물었다.

"어째서 이런 일이 벌어지는 겁니까? 신이시여, 어째서 이런 일

주석으로 쉽게 읽는
고정욱
그리스 로마 신화

신과 인간이 하나 된 세상
서양 고전의 정수를 새롭게 만나다!

고정욱 지음 | 전 10권 세트 | 세트가 159,000원

고정욱
Jung-wook Ko

어린이 청소년 도서 부문의 최강 필자. 성균관대학교 국문과와 대학원을 졸업한 문학박사. 소아마비로 인해 중증장애를 갖게 되었지만 각종 사회활동으로 장애인이 차별받지 않는 세상을 만들기 위해 노력하고 있다. 문화일보 신춘문예에 단편소설이 당선되어 작가가 되었고, 장애인을 소재로 한 동화를 많이 발표해 새로운 장르를 개척했다는 평가를 받는다.

《아주 특별한 우리 형》,《안내견, 탄실이》,《네 손가락의 피아니스트》,《까칠한 재석이 시리즈》,《주석으로 쉽게 읽는 고정욱 삼국지》 등이 대표작이다. 지금까지 총 360여 권의 저서를 발간했다.

어린이 청소년 문학 분야의 뛰어난 작품 활동과 기여를 세계적으로 인정받아 아동 청소년 문학계의 노벨상 격인 아스트리드 린드그렌 추모상(ALMA) 2025년도 후보로 선정되었다.

연락처 kingkkojang@hanmail.net

▶YouTube : 고정욱TV

Astrid Lindgren Memorial Award
NOMINATED
2025

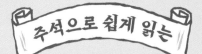

주석으로 쉽게 읽는

고정욱
삼국지

꿈을 잃은 청소년의 가슴을 두드려라!

한 번뿐인 인생, 하나뿐인 영웅 서사

고정욱 편역 | 전 10권 세트 | 세트가 143,000원

애플북스

그리고 얼마 뒤, 크로노스는 아버지를 향해 낫을 휘두른다.* 우라노스는 아들에게 저주의 말을 남기고 무기력하게 스러졌다. 신의 저주는 절대 빈말이 아니다. 그런데 승리감에 취한 크로노스는 이를 가볍게 넘겨버리고 말았다. 권력을 쥐게 된 크로노스는 다른 티탄들을 타르타로스에서 꺼내 올렸다.

"이제 다 올라와라! 세상은 우리 것이다!"

티탄들과 함께 세상을 다스리면 자신의 권력이 흔들림 없이 탄탄할 거라 생각했다. 하지만 권력을 휘두르다 보니 그 황금 의자를 다른 티탄들이 탐내는 것만 같았다.

'가만 있어봐. 이 자리를 또 누군가에게 뺏길 수도 있는 것 아니야? 위협이 될 만한 이들을 없애버려야겠어.'

크로노스는 타르타로스의 문을 열면서 100개의 팔을 가진 거인들은 풀어주지 않았다. 게다가 그는 자신이 티탄이기 때문에 다른 티탄들을 이용하는 데 아주 능숙했다. 타르타로스에서 풀려나온 티탄들은 뿔뿔이 흩어져 세상을 다스리며 마음껏 살았다. 그들이 모두 크로노스를 돕거나 그에게 충성을 맹세한

여기서 잠깐!!

낫은 곡식을 추수하는 데 사용되는 도구야. 여름 내내 농사지은 알곡을 낫으로 베어내 먹기도 하고 다음 해를 위해 저장하기도 하지. 이런 의미에서 낫은 오래된 세력을 베어내고 새로운 세력이 자리 잡게 한다는 상징성을 갖고 있어. 바로 낡은 것이 죽어야 새로운 것이 태어난다는 우주의 생성 원리를 보여준다고 할 수 있지.

애플북스

까칠한 재석이 시리즈

이 시대 청소년들의 고민거리를 예리하게 감지하여

주제를 선정하고 철저한 사전 조사와 현실감 넘치는

생생한 묘사가 돋보이는

고정욱 작가의 대표작!

- 까칠한 재석이가 사라졌다
- 까칠한 재석이가 돌아왔다
- 까칠한 재석이가 열받았다
- 까칠한 재석이가 달라졌다
- 까칠한 재석이가 폭발했다
- 까칠한 재석이가 결심했다
- 까칠한 재석이가 깨달았다
- 까칠한 재석이가 소리쳤다
- 까칠한 재석이가 성장했다

있을지도 모르오."

목마 안에 숨어 있던 오디세우스와 메넬라오스를 비롯한 결사대는
등골이 오싹했다. 자신들의 운명이 경각에 달린 상황에서 숨을 죽인 채
가만히 귀를 기울였다.

"우리를 해치도록 저주를 걸어놨을지도 모르고, 위험한 동물을 가둬
놨을지도 모르오. 아무튼 가까이 가지 마시오!"

라오콘은 사람들이 자신의 말을 믿지 않자 옆에 있는 병사의 창을 빼
앗았다.

"이리 내놔 보아라!"

그는 목마를 향해 그 창을 던졌다. 목마의 옆구리에 창이 꽂히자 진
동하는 소리가 울렸다. 그 소리는 안이 비어 있다는 의미였다. 하지만
트로이아 사람들이 제대로 귀를 기울여서 들었다면 목마를 뜯어보자고
했을지도 모른다.

트로이아 사람들은 신성한 말에 창을 던지는 것은 불경한 짓이라고
여겼다.

"이자가 지금 무슨 짓을 하는 거요?"

라오콘은 더욱 강하게 주장했다.

"저 목마의 배를 갈라봐야 하오. 아니면 불을 질러보시오.
이 물건의 정체가 무엇인지 알 수 있을
것이오."

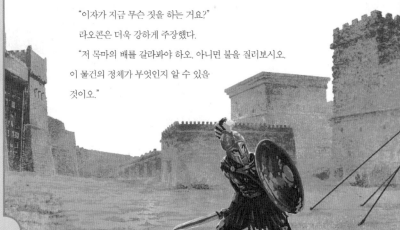

어린이 청소년 독서 멤버십
'애플 키즈단' 1기 모집!

애플 키즈단이란?

책 읽기는 기본, 이제는 책의 가치를 체험하고 나만의 성장을 만들어가는 시간! 출판사와 작가님들이 어린이·청소년과 함께 하는 특별한 독서 멤버십입니다.

👉 모든 활동 무료 참여 (멤버십 회원 한정!)

👉 재미와 성취감을 느낄 수 있는 다양한 미션과 이벤트!

👉 멤버십 회원만 누릴 수 있는 혜택들!

애플 키즈단 활동과 혜택!

❶ **입학식:** 나만의 웰컴 키트로 첫걸음 시작!

❷ **졸업식:** 졸업장 & 우수장학생 특별 시상!

❸ **정기 미션:** 매월 주어지는 미션으로 점수 획득!

❹ **돌발 미션:** 예고 없이 찾아오는 특별한 미션!

❺ **작가님과 함께 하는 시간:** 매월 1회, 작가님과 독서의 즐거움을 나눠요!

❻ **야외 캠프:** 자연 속에서 즐기는 특별한 독서 모험 (별도 공지 예정)!

👏 애플 키즈단이 되어 특별한 독서 경험을 만끽하세요!

참여 방법

1. 네이버 카페 '그린애플 북클럽' 검색 후 애플 키즈단 입학신청!

2. 문의사항과 다양한 이벤트를 받아 보고 싶다면? **카카오톡 채널 : 비전비엔피** 추가!

이……."

신탁을 받은 사제가 말했다.

"포세이돈 신께서 크게 노하셨소. 이 노여움을 풀 방법은 단 하나뿐이오."

"그것이 무엇입니까? 제발 말해주십시오."

"아테네 여인들이 모두 벌을 받아야 이 폭풍우가 가라앉을 거요."

"그럼 어떻게 하면 좋겠습니까?"

"이제부터 여자들은 투표권을 행사하지 못하게 하시오."

"이럴 수가……."

"뿐만 아니라 이제는 아이들이 어머니의 성을 따라선 안 되오. 모두 아버지의 성을 따라야 하오."

평등하고 공평하던 남자와 여자의 관계는 포세이돈의 진노에 의해 한쪽으로 기울게 됐다. 신탁 때문에 여자들이 지휘하던 부족들은 모두 남자들이 이끌게 됐다. 폭풍우가 가라앉은 뒤에도 아테네 사람들은 계속 조심했다.

"포세이돈 신이 이 도시를 그렇게 원하니, 앞으로는 포세이돈 신도 아테나 여신과 똑같이 섬깁시다."

"그럽시다. 우리를 죽이고 살리는 힘을 가진 신 아닙니까?"

사람들은 미운 놈 떡 하나 더 준다는 심정으로 화려한 신전을 하나 지어 포세이돈에게 바쳤다.

"포세이돈 신이시여, 저희는 포세이돈 신도 존경합니다. 정성껏 신전을 만들어 바치오니 제발 저희를 불쌍히 여겨주십시오."

여전히 분노해 있던 포세이돈은 자신에게 바쳐진 신전을 봤다. 멋있는 신전의 모습에 슬며시 화가 풀렸다.

"너그럽게 용서해주겠다."

포세이돈은 아테네의 배들이 출항할 때면 가급적 파도를 일으키지 않아 그들이 안전하게 목적지까지 갈 수 있도록 도와주었다. 아테네 군대는 자연스럽게 해군력을 키울 수 있었고, 상선들의 항해가 원활해져 무역이 발달하면서 부유한 도시가 됐다. 게다가 포세이돈이 자신이 만들어놓은 샘을 무너뜨리지 않고 그대로 두었기에 모두 유용하게 사용할 수 있었다. 아크로폴리스에 있는 샘이 포세이돈이 만든 샘이라는 전설이 지금까지 전해지고 있다. 폭풍우가 올 때 그곳 바위에 귀를 대면 울리는 소리가 들린다고 한다.

비록 아티카에서는 물러났지만, 포세이돈은 포기를 모르는 신이었다.

"내 마음에 드는 도시를 또 발견한다면 그때는 결코 포기하지 않겠다. 반드시 내가 차지하겠다."

그가 또다시 마음에 들어 한 도시는 아르고스였다. 그런데 아르고스 역시 탐내는 여신이 있었다. 바로 헤라였다. 포세이돈은 또 헤라와 논쟁을 벌여야 했다.

"나에게는 나를 추종해주는 도시가 하나도 없소. 이번에는 헤라, 그대가 양보하시오."

"무슨 소립니까? 나를 좋아하는 도시에서 내가 그곳 사람들을 지켜주겠다는 게 무슨 잘못이지요?"

또다시 남녀간의 논쟁이 벌어졌다. 올림포스의 신들은 다시 뭉쳤다.

"또 투표를 하려고? 그러면 또 포세이돈이 지고 폭풍우를 일으켜 사람들에게 피해를 줄 게 뻔한데?"

"안 돼. 안 돼. 안 돼."

신들의 여론이 나빠졌다. 포세이돈은 어쩔 줄 몰랐다. 이대로 가다가는 투표도 한번 못 해보고 헤라에게 도시를 뺏길 것 같았다.

"아니오. 이번에는 투표 결과를 따르겠소."

"그게 정말이오?"

"이번에는 투표 결과를 순순히 따를 거요. 약속합니다."

결과가 좋지 않을 게 뻔했지만, 포세이돈의 요구에 따라 다시 투표가 진행됐다. 남녀로 갈린 똑같은 투표 결과가 나왔다. 분하지만 어쩔 수 없었다. 투표 결과에 순응하겠다고 맹세했을 뿐만 아니라 재앙을 내리지 않겠다고 약속했기 때문에 포세이돈은 분풀이를 할 수도 없었다.

"분하구나. 이번에는 선물을 빼앗아가는 방법으로 보복하겠다."

아테네에 샘물을 선물했던 포세이돈은 멀쩡히 잘 있는 아르고스의 샘물에서 물을 모두 빼버렸다. 갑자기 샘물의 수위가 낮아지다가 모두 말라비틀어지자 아르고스 사람들의 원성이 자자해졌다.

"아, 어떻게 해야 되지? 포세이돈이 폭풍우를 일으키지는 않았지만 물을 빼앗아가버렸어!"

사람들은 신전을 찾아가 어찌하면 좋을지 물었다. 사제는 말했다.

"포세이돈 신께서 마음에 큰 상처를 입으셨으니 그분을 위로해드려야 합니다."

"바닷가에 포세이돈 신을 모시는 신전을 지어서 바칩시다."

"그래서 해결된다면 당연히 그렇게 해야지요."

사람들은 모두 달려들어 힘을 모아 포세이돈에게 바칠 신전을 지었다. 아름다운 신전이 세워지자 비로소 샘에 물이 차오르기 시작했다. 사람들의 선물을 받아들인 거였다. 그러나 포세이돈은 여전히 자신의 도시가 없었다. 포세이돈은 마음을 다졌다.

"어쨌든 나의 터전이 있어야 해. 확실한 곳이 필요해."

아테나와 헤라는 물론 제우스와 디오니소스, 아폴론에게 번번이 마음에 두었던 도시를 빼앗긴 게 그에게는 큰 상처로 남았다. 하지만 포세이돈은 포기할 줄 모르는 신이었다. 그가 마음에 둔 곳 중 아직 코린토스 지역의 도시가 남아 있었다. 그런데 이 도시를 놓고 태양의 신 헬리오스와 또다시 논쟁이 벌어졌다.

"이번에는 양보할 수 없소."

"안 됩니다. 나는 이 도시를 오래전부터 점찍었습니다."

다시 격론이 벌어지려는데, 이번에는 다행히도 상황이 바뀌었다. 포세이돈이 자신의 도시를 갖는 데 제우스가 계속 걸림돌이 되어왔는데 이번에는 투표에 주재하는 자가 바뀐 것이다. 그는 바로 우라노스의 아들 브리아레오스였다.

"이번에는 제가 중재해보겠습니다."

단순하고 우직한 제우스와 달리 브리아레오스는 양쪽 모두를 만나 이야기를 나눴다. 먼저 헬리오스를 찾아가서 말했다.

"투표해서 저 땅을 차지해도 문제고 차지하지 못해도 문제입니다."

"어째서 그런가요?"

"포세이돈은 이제 악에 받쳤습니다. 이곳마저 뺏기면 무슨 짓을 저지를지 모릅니다. 그런 것을 바랄 신은 없겠지요."

"그럼 좋은 생각이라도 있습니까?"

"있습니다. 제 생각을 따라주신다면 한번 잘 해결해보겠습니다."

"믿고 맡기겠습니다."

브리아레오스는 포세이돈을 찾아가 설득 반 협박 반으로 이야기했다.

"이게 마지막으로 남은 땅 아닙니까? 이번에도 놓치면 큰일이지요."

"도와주십시오. 이 땅은 꼭 차지하고 싶습니다."

"하지만 지금 신들의 분위기가 너무나 좋지 않습니다. 또 뺏길 가능성이 높습니다."

"그렇게 되면 절대로 가만히 있지 않을 겁니다."

"그래서 제가 온 겁니다. 제 협상안을 받아들이겠습니까?"

"협상안?"

"네. 협상이라는 것은 원래 줄 건 주고 받을 건 받는 법이지요."

"어디 한번 말해보시오."

포세이돈의 귀에 대고 브리아레오스가 속삭였다. 포세이돈의 얼굴은 마구 일그러졌다가 서서히 풀리기 시작했다.

"어떻습니까?"

망설이던 포세이돈은 고개를 끄덕였다.

"그렇게라도 하겠습니다."

마침내 결정의 날, 브리아레오스가 우렁찬 목소리로 신들에게 말했다.

"두 신이 합의하셨습니다."

신들이 웅성댔다.

"합의했다고요? 어떻게?"

"코린토스를 아크로폴리스가 있는 곳과 바다 쪽으로 나눠 생각하기로 했습니다. 그 결과, 태양과 가까운 아크로코린토스는 헬리오스 신이 차지하기로 했습니다. 그리고 바다와 가까운 코린토스의 지협 이스트미아는 포세이돈 신이 차지하기로 했고요. 각자의 특성에 맞게 코린토스를 관할할 두 신에게 인간들은 무한한 존경을 보낼 겁니다."

파국으로 치달을 것만 같던 어려운 문제는 브리아레오스의 현명한 제안으로 최선의 결과를 낳았다. 코린토스 사람들은 자신들의 생명이 달려 있는 바다를 지켜주는 포세이돈을 모시게 되어 더없이 기뻤다. 이들은 포세이돈에 대한 존경심을 표하기 위해 이스트미아 제전을 열었다. 대회가 열리는 장소에 포세이돈에게 바치는 화려한 신전과 석상까지 세웠다. 웅장한 조각상이 내려다보이는 곳에서 젊은이들이 모여 씨름을 하거나 원반을 던지는 등 박진감 넘치는 경기에서 서로의 기량을 겨루며 평화와 공존을 기원했다.

이렇게 불같은 성정을 지녔기에 포세이돈은 사랑을 이루는 과정도 순탄치 않았다. 포세이돈은 예언의 능력을 지닌 바다의 신 네레우스의 딸 암피트리테를 보고는 한눈에 반해버렸다. 네레우스에게는 많은 딸이 있었다. 그 숫자가 무려 쉰 명이나 됐다. 그중에서도 암피트리테는 아버지를 지극히 사랑하고 공경하는, 효성이 지극한 딸이었다.

"아버지, 저는 결혼하지 않고 계속 아버지를 모실 거예요. 영원히 아버지 곁에 있겠어요."

"고맙구나, 내 딸아. 의지가 되는구나."

암피트리테는 그 어떤 남자도 거들떠보지 않고 즐거운 시간을 보냈다. 아버지 네레우스 곁에서 지내는 시간은 평화롭고 행복하기만 했다. 여러 자매들과 낙소스섬에 놀러간 암피트리테는 춤을 추고 노래를 부르며 즐거운 시간을 보냈다. 여신과 요정들이 어우러져 노래하는 모습은 참으로 아름다웠다. 그런데 바다에서 너무 가까운 곳에서 춤추고 노래한 게 문제였다. 그 모습을 물속에서 지켜보는 이가 있었으니, 바로 포세이돈이었다.

"저렇게 아름다운 여신이 있었단 말인가? 나의 아내로 삼아야겠군."

포세이돈은 마침내 우람한 모습을 드러냈다.

"암피트리테, 나의 아내가 되어주시오."

바다에서 나온 포세이돈의 무시무시한 얼굴을 보자 암피트리테는 깜짝 놀랐다.

"어머, 안 됩니다. 저는 평생 아버지를 모시고 살 겁니다."

그녀는 재빨리 도망쳤다. 하지만 포세이돈은 결코 쉽게 포기하는 신이 아니었다.

"이 세상 끝까지라도 가서 그대를 찾겠소."

바닷속과 땅과 섬들 사이를 미친 듯이 찾아다녔지만 그 어디에서도 암피트리테의 그림자조차 볼 수 없었다. 포세이돈은 암피트리테가 계속 도망쳐 아틀라스가 하늘을 떠받치고 있는 땅의 끝까지 도망가 숨어 있으리라고는 상상도 하지 못했다.

"도대체 어디로 숨어버린 거요?"

아무리 뒤져도 암피트리테를 찾을 수 없자 포세이돈은 삼지창으로 바다를 마구 휘저었다. 신에게는 물장난에 불과한 행동이지만 인간에게는 대재앙이었다. 파도가 한 달이고 두 달이고 이어졌다. 사람들은 두려움에 떨 뿐, 배를 띄울 엄두조차 내지 못했다. 바다가 언제 평화로운 모습으로 돌아올지 아무도 알 수 없었다.

　"아아, 큰일이다!"

　"포세이돈 신의 분노가 사그라들 기미가 보이지 않아."

　사람들은 모두 굶어 죽을 판이었다. 물고기를 잡으러 갈 수도 없고, 이웃 나라와 무역을 할 수도 없었다. 사람들의 원성은 하늘에 가닿았다.

　"신들이시여, 포세이돈 신의 분노가 세상을 뒤엎고 있습니다. 제발 저희를 살려주십시오."

　"신들의 일 때문에 왜 저희들만 희생당해야 합니까?"

　밀려드는 인간들의 원성에 제우스는 사태를 파악하기 위해 나섰다.

　"아, 시끄러워서 견딜 수 없구나. 대체 무슨 일이냐?"

　곁에 있던 헤르메스가 재빨리 대답했다.

　"암피트리테를 찾겠다고 포세이돈이 횡포를 부리고 있습니다."

　"아내로 삼겠다고 저러는 것이냐?"

　"예, 맞습니다."

　제우스는 포세이돈에게도 짝이 필요하다는 생각이 들었다.★

　"암피트리테가 있는 곳을 알려줘라. 암피트리테에겐 미안하지만 이렇게 세상이 시끄럽고 어지러워서야 되겠느냐. 포세이돈은 나와 하데스와 아울러 세상을 삼분하는 신이니, 암피트리테도 나중엔 만족할 게 분명하다."

제우스의 명령에 따라 헤르메스는 포세이돈에게 돌고래를 보냈다. 돌고래는 포세이돈 앞에서 펄쩍펄쩍 뛰어오르면서 말했다.

"암피트리테가 있는 곳을 알려드리라고 제우스 신께서 보내셨습니다."

"그곳이 어디냐?"

"땅끝, 아틀라스가 하늘을 떠받치고 있는 바로 그곳에 숨어 있습니다."

"내 당장 찾아오겠다."

포세이돈은 기쁨에 들떠 순식간에 아틀라스가 있는 땅끝까지 달려가 숨어 있는 네레우스의 딸을 찾아내고야 말았다. 암피트리테는 땅끝까지 찾아온 포세이돈을 보며 어쩔 수 없다는 것을 깨달았다.

"알겠습니다. 나 때문에 지금 온 세상이 고통받고 있다니 할 수 없군요. 당신의 아내가 되겠습니다."

마음씨 착한 암피트리테는 자신을 희생해 온 세상을 다시 평화롭게 만들기로 했다. 네레우스의 딸을 데리고 마차를 타고 돌아오며 기분이 좋아진 포세이돈은 들끓던 바다를 잠잠

여기서 잠깐!!

이 세상은 음양의 조화로 이루어져 있다고 할 수 있어. 어둠이 있으면 밝음이 있듯, 남자가 있으면 여자가 있어야 해. 그리고 그 둘이 결합해서 새로운 생명이 잉태되는 법이지. 그렇기 때문에 사람들이 결혼하고 자식을 낳는 것은 지극히 정상적이고 당연한 일이야. 그건 신도 예외가 아니지. 서로 짝을 이루었을 때 비로소 남녀 신은 자신의 부족함을 채우고, 완성을 향해 나아갈 수 있어. 그런 면에서 제우스가 이런 생각을 하게 된 거야.

하게 만들었다. 바다가 다시 고요해지자 사람들은 모두들 만세를 부르며 서둘러 배를 띄울 준비를 했다.

"이게 모두 암피트리테 님 덕분이야."

"맞아. 참으로 감사한 일이야."

암피트리테는 포세이돈을 따라 바닷속 깊숙이 들어갔다. 그녀는 평화롭고 조용한 바닷속에서 포세이돈과 함께 살아가게 됐다. 그렇다고 해서 그녀의 생활이 단조롭고 지루했던 것은 결코 아니다. 암피트리테가 외로움을 탈까 봐 그녀 곁에는 언제나 바다의 요정들이 대기하고 있었다. 암피트리테가 심심해 보이면 요정들이 찾아와 말동무가 되어주고 함께 춤도 추고 노래도 불렀다. 그래도 심심할 때면 네 마리 말이 끄는 전차를 타고 포세이돈과 함께 파도 위를 달리며 신나게 바람을 쐬곤 했다. 그들 부부는 가끔 다른 바다의 신들과 함께 나타났는데, 장인인 네레우스도 딸 덕에 마차 행렬에 함께하기도 했다. 포세이돈과 암피트리테는 곧 위대한 바다의 신이 될 아들 트리톤을 낳았다. 트리톤 역시 신이었기에 소라 껍데기 나팔을 불어 순식간에 파도를 일으키기도 하고 잠재우기도 했다.

누가 제우스의 형제가 아니랄까 봐 포세이돈도 화려한 여성 편력을 자랑했다. 수많은 여신 및 여인들과 관계를 맺으며 자식들을 많이 낳았는데, 그들은 대개 괴물의 모습이었다. 이 괴물들은 드넓은 바다 곳곳에 숨어서 인간들을 잡아먹거나 해를 끼쳤다.

그렇다고 바다가 늘 험하고 위험하기만 했던 것은 아니다. 때로는 평화로운 바람을 보내주고 수많은 물자와 사람들을 빠르고 안전하게 목적지까지 보내주기도 했다. 이는 모두 포세이돈의 가호가 있었기에 가능한 일이었다. 포세이돈은 자신이 화났음을 보여주고 싶을 때면 폭풍우와 커다란 파도를 일으켰지만, 이는 언젠가 잠잠하게 잠들기 마련이었다. 포세이돈은 이렇게 인간들에게 희망을 주는 존재이기도 했다.

11

인류의 수호자 프로메테우스

인간들은 신 앞에서 한없이 나약한 존재이지만, 스스로 연구하고 발명하며 조금씩 조금씩 문명을 발전시켜 나갔다. 토기를 쓰다가 청동을 쓰게 됐고, 청동을 사용하다가 철기를 쓰게 되면서 오늘날 현대 문명을 이루게 된 것이다. 제우스는 이 모든 발전 과정을 지켜봤다. 특히 청동 시대에 인간들은 비약적인 발전을 이루며 이전과 비교할 수 없을 만큼 강한 힘을 갖게 됐다. 청동은 쉽게 부러지지 않고, 무뎌지지도 않으며, 돌보다 강했다. 인간들은 청동으로 된 무기와 방패를 사용하면서 신들에게 저항하기도 하고 신들과 싸우기도 했다. 그러다 보니 자연스럽게 인간들 사이에 이런 생각이 퍼졌다.

"신이 별거야? 나와 싸워도 쉽게 이길 수 없을걸."

이렇게 인간들이 건방지고 오만해지자 제우스는 그냥 두고 볼 수 없다는 생각이 들었다. 그는 원칙에 따라 공평하게 인간 세상을 다스려왔다. 그러나 자만에 빠져 감히 신을 우습게 보는 인간들의 행태에 실망했다. 인간들을 더 이상 돌봐주거나 챙겨주고 싶다는 생각이 들지 않았다. 오랜 기간 인간들의 오만함을 지켜보면서 언제건 이를 바로잡으리라 결심했다.

"인간들의 오만함을 어둠으로 다스릴 것이다!"

그 결과, 인간들은 암흑의 세계로 내몰렸다. 인간들은 밤만 되면 어둠 속에서 두려움에 떨며 동굴에 숨어야 했다. 낮이 아니면 활동할 수 없었다. 인간들은 동굴이나 나무가 썩으면서 생긴 구멍 안에서 숨어 지냈다. 언제 어떤 동물들이 쳐들어올지 몰랐기 때문이다. 게다가 인간은 동물들과 비교하면 힘이 약했다. 빨리 달릴 수도 없고, 동물들처럼 날카로운 이빨이나 강력한 발톱도 없었다. 음식을 익히지 않고 생으로 먹다 보니 병에도 취약했다. 제우스는 이 모든 것이 인간들이 감당해야 할 당연한 처벌이라고 생각했다.

하지만 이런 인간들을 불쌍히 여기는 신도 있었다. 그 가운데 이아페토스의 아들 프로메테우스가 있었다. 어느 날, 프로메테우스는 올림포스에서 밑을 내려다봤다. 아레스는 전쟁을, 아테나는 평화를, 아르테미스는 순결을, 아프로디테는 아름다움을 추구하는 등 다른 신들은 각자 자신이 맡은 임무를 수행하느라 정신이 없었다. 그러나 그들은 인간을 돌보지는 않았다. 프로메테우스는 올림포스에서 인간들을 내려다보며 자신이 무슨 일을 해서 인간들을 도와줄 수 있을까 고민했다.

'아, 제우스는 왜 인간들을 어둠 속으로 내모는 걸까. 저 가엾은 인간들에게 도움을 주고 싶다.'

인간에 대한 사랑을 키워나가던 프로메테우스는 작은 선물을 하기로 했다.

'그래, 인간들에게 좋지 않은 것들을 다 없애줘야겠다.'

프로메테우스는 인간 세상을 다니면서 각종 나쁜 것들을 상자 안에 잡아 가둔 후 밀봉했다. 인간들이 행복하게 살 수 있도록 증오, 질투, 시기, 협박, 공갈, 배신, 음모, 거짓말, 살인, 증오 등 모든 부정적 요소들을 싹 잡아다 상자 안에 넣은 것이다. 상자가 가득 차자 프로메테우스는 동생인 에피메테우스에게 그 상자를 지켜달라고 부탁했다. 에피메테우스는 여러 면에서 형과 전혀 닮지 않은 신이었다. 외모가 달랐을 뿐만 아니라 성격도 달랐다. 프로메테우스가 인간에 대한 의지와 사랑, 그리고 뚝심이 있는 위대한 신이라면 에피메테우스는 변변찮기 짝이 없는 신이었다.

"에피메테우스, 다른 건 다 마음대로 해도 되지만 이 상자가 열리면 절대 안 돼. 상자가 열리는 순간, 온 세상이 지옥으로 변할 거야. 세상에 악이 퍼지게 된다고. 너도 인간들을 사랑하잖아. 제발 조심해줘."

"알았어, 형."

프로메테우스는 동생이 자신만큼 영특하지는 않지만 이 정도 일은 해낼 수 있을 거라고 믿었다. 한 가지 숙제를 해결한 뒤 프로메테우스는 자신이 할 일이 또 뭐가 있는지 고민했다.

'나는 인간을 돕는 신이 되고 싶어. 그렇다면 무엇을 해야 할까?'

인간에 대한 제우스의 노여움을 푸는 것은 어려운 일이었다. 제우스는 한번 화를 내면 절대로 쉽게 풀지 않았기 때문이다. 인간들의 삶이 좋아지게 하고 인간들이 더욱 행복해지게 하기 위해서 어떤 도움을 줄 수 있을까 고민하던 프로메테우스는 마침내 또 다른 방법을 생각해냈다. 제우스가 가끔 지상에 내리꽂는 벼락에서 단서를 찾은 것이다. 벼락이나 천둥이 치면 지상에서는 산불이 일어나면서 뜨거운 불꽃이 사방에 튀었다. 인간들은 온 산에 산불을 퍼뜨리는 번개를 두려워했다. 불이 나면 모두들 사는 곳을 떠나가야만 했다. 불의 위력이 얼마나 대단한지 알았던 것이다. 프로메테우스는 바로 그 불에 주목했다.

'인간들이 저 불을 쓸 수 있게 해주면 되겠군.'

그런 생각이 들자마자 프로메테우스는 자신이 어떤 운명에 놓일지 눈에 선하게 보이는 듯했다.* 인간들에게 신이 가지고 있는 것을 나눠줘서는 절대로 안 된다고 제우스가 분명

여기서 잠깐!!

그리스어로 '프로'는 앞이라는 뜻이며, '메테우스'는 지혜롭게 생각하는 자라는 의미야. 프로메테우스는 이름 그대로 신 가운데서도 가장 지혜롭고 앞날을 예견하는 능력을 가진 신이었어. 그랬기에 제우스가 크로노스와 대결을 벌일 때도 대부분의 신들이 크로노스 편을 들었지만 프로메테우스는 미래를 예측하고 제우스를 돕기로 마음먹었지. 하지만 이런 뛰어난 능력 때문에 제우스를 두려움에 빠뜨려서 불행을 겪게 돼.

히 말했기 때문이다. 이런 이유로 인간들은 신이 먹는 음료와 음식, 신들의 직물, 신들의 무기를 가질 수 없었다. 거기에는 제우스가 쓰는 벼락과 그로 인해 발생하는 불도 포함돼 있었다. 인간들에게 불을 전해주기로 마음먹었지만 제우스의 번개를 훔칠 순 없는 노릇이었다. 제우스의 번개를 잡으면 신이라 해도 온몸이 불타오를 것이기 때문이었다.

'저 번개를 직접 전해줄 순 없고…… 어떡하면 좋지?'

고민하던 프로메테우스의 눈에 불을 마음대로 다루는 헤파이스토스가 보였다.

'맞아. 헤파이스토스의 불을 인간들에게 전해주면 되겠구나.'

프로메테우스는 가슴이 뛰었다. 방법은 정해졌다. 불을 전해주면 인간들은 편안하게 살면서 삶의 행복을 얻을 수 있을 것이다. 그때 운명의 여신이 속삭이는 소리가 들렸다.

"프로메테우스, 인간들에게 불을 가져다주겠다니 위험한 생각이에요. 절대로 꿈도 꾸지 마세요. 제우스 신께서 크게 노할 거예요."

"하지만 인간들이 너무 불쌍하지 않나요?"

"당신의 생각을 실행했을 때의 보답은 당신의 고통뿐일 거예요."

"고통 없이 얻을 수 있는 것은 없는 법이지요. 아름다운 일, 선한 일을 하려면 고통을 감수해야 해요."

"뭐라고 해야 할지 모르겠네요. 비참한 운명을 기꺼이 받아들이겠다니……."

프로메테우스는 헤파이스토스의 대장간 부근에서 조용히 기다렸다. 이윽고 끊임없이 두들겨대던 망치질 소리가 멈추고 잔뜩 지친 헤파이스토스가 집으로 돌아갔다. 그때였다. 프로메테우스는 대장간으로 숨어 들어갔다. 불씨가 꺼지지 않는 헤파이스토스의 화구 안에선 숯불이 벌겋게 타오르고 있었다. 다음 날 아침이면 헤파이스토스는 거기에 새 숯을 집어넣어 불길을 활활 살리고 풀무질을 해서 파란 불꽃을 피워 올릴 것이다. 프로메테우스는 준비해 온 나무를 숯불에 가져다 댔다. 잠시 뒤 숯불의 열기로 나무에 불이 붙었다. 충분히 지상까지 가져갈 수 있을 만큼 활활 타올랐다. 프로메테우스는 횃불을 높이 쳐들고 순식간에 땅으로 내려갔다. 동굴 속에 모여 있던 인간들은 갑자기 자신들 앞에 횃불을 든 신이 나타나자 모두 두려워하며 엎드렸다.★

"신이시여, 당신은 누구십니까? 저희들을 태워 죽이려고 오신 겁니까?"

"고개를 들어라, 인간들아. 나는 너희들을 해하러 온 것이 아니다. 너희들에게 선물을 가지고 왔다."

"대체 무엇이 선물입니까? 그 불을 저 풀과 나무에 대는 순간, 저희들은 모두 타 죽을 겁니다."

여기서 잠깐!!

프로메테우스는 회향나무 가지에 불을 붙여서 인간들에게 가져다주었어. 그런데 그 불의 근원에 대해서는 여러 가지 이야기가 전해져. 헤라의 신전 부엌에서 훔쳤다는 이야기도 있고, 태양 신 헬리오스의 황금 마차에서 붙여 왔다는 이야기도 있어. 제우스의 벼락에서 불씨를 훔쳐서 꺼지지 않게 하려고 계속 흔들며 인간 세상으로 내려왔다고 말하기도 해. 어찌 되었든 불은 신이건 인간이건 삶에서 빼놓을 수 없을 정도로 중요한 게 분명해. 이렇게 소중한 불을 전해준 프로메테우스는 정말 고마운 신인 것 같아.

"아니다. 너희들은 이 불을 충분히 다룰 수 있다. 내가 주는 이 불을 받아서 크게 퍼지지 않게 조심하며 잘 쓰면 된다. 불이 화나지 않게만 한다면 너희들에게 크나큰 이득이 되어줄 것이다."

인간의 무리 중 우두머리가 앞으로 나와 무릎을 꿇더니 덜덜 떨리는 손으로 헤파이스토스의 대장간에서 나온 불을 받았다.

"내 선물을 소중히 쓰도록 해라."

프로메테우스는 인자하게 미소를 지으며 올림포스로 돌아갔다.

불을 받은 인간들은 당황했다. 맨 처음에는 두려워서 도저히 가까이 갈 수 없었다. 무리 중 용감한 자가 꺼져가는 불에 다른 나무를 가져다 댔다. 그러자 불이 옮겨붙었다. 인간들은 불 주변으로 서서히 몰려들었다.

"와, 불이 작으니까 무섭지 않아."

"주위가 밝아져서 너무 좋은걸. 이 정도라면 우리도 충분히 다룰 수 있겠어."

인간들은 온 산과 들을 태우는 거대한 불이 아니라 조그만 모닥불 정도라면 자신들도 얼마든지 다룰 수 있겠다는 생각이 들었다. 나뭇조각을 몇 개 집어넣자 불은 조금 더 커졌다. 모닥불이 동굴 안을 환하게 비추며 뜨겁게 타오르자 추위에 떨고 있던 인간들은 덮고 있던 동물 가죽을 벗었다. 온몸에서 땀이 났기 때문이다.

"아, 이렇게 따뜻해보긴 처음이야."

그날 밤 불이 꺼지지 않도록 잘 관리하자 인간들은 모처럼 추위와 두려움에 떨지 않고 잠을 잘 수 있었다. 다음 날 인간들은 한쪽 구석에 처

박아놓았던 고기를 불에 구워 먹었다. 불에 익힌 고기는 연하고 부드러웠다. 뿐만 아니라 많이 먹을 수 있고, 소화도 잘됐다. 인간들은 같은 양의 고기와 음식도 불에 익혀 먹으면 더 큰 힘을 낼 수 있다는 것을 알게됐다. 그뿐만이 아니었다. 동굴 안이 환해지자 박쥐나 지네, 뱀 등 해로운 곤충과 동물들이 모두 도망가버렸다. 연기와 열기에 도망친 것이다. 장작에 불을 붙여 바깥으로 나가면 다가오던 사자와 늑대들도 이를 보고 놀라 모두 줄행랑쳤다.

"불은 정말 좋은 것 같아."

"무서운 맹수들도 더 이상 두렵지 않아."

불은 인간들의 무기이자 생활에 없어서는 안 될 필수품이 되었다. 인간들은 감사의 뜻을 전하기 위해 불에 태운 동물들을 제물로 바쳤다.

"프로메테우스 신이시여, 감사한 마음에 제사 음식을 올립니다."

인간들이 불을 익숙하게 다루는 것을 본 프로메테우스는 다시 지상에 내려왔다.

"이 불을 더 잘 쓸 수 있는 방법이 있다."

"무엇입니까?"

"커다란 항아리 모양의 용광로를 만들어라. 거기에 이 검은 돌을 집어넣으면 놀라운 일이 벌어질 것이다."

불을 붙인 뒤 검고 무거운 돌을 집어넣자 그 돌이 녹기 시작했다. 어떤 돌은 구리가 됐고, 어떤 돌은 쇠가 됐다. 사람들은 금과 은을 녹이는 방법도 알아냈다. 그 뒤로 인간들은 금속을 녹여서 각종 무기와 물건을 만들어냈다. 칼과 창도 만들고, 금속을 얇게 펴서 갑옷도 만들었다. 이렇게 청동의 시대가 열렸다.

"참으로 보기 좋구나. 인간에게 불을 전해주기를 정말 잘한 것 같아."

인간들이 무기를 만들고 따뜻하게 지내고 맛있는 음식을 먹게 되자 프로메테우스는 인간들에게 또 다른 선물을 주고 싶어졌다. 그는 지혜를 전해주러 인간 세상에 몰래 내려왔다. 프로메테우스는 인간들이 편히 살 수 있도록 야생동물 길들이는 법을 알려줬다. 뿐만 아니라 배를 만들어 바다를 건널 수 있게 해주었고, 마차를 만들어 먼 길을 이동하는 방법도 알려주었다. 약초를 이용해 질병에 맞서 싸우는 법도 알려주었다. 이 모든 게 불이 있기 때문에 가능한 일이었다. 프로메테우스는 이렇게 인간의 구원자가 됐다.

인간들은 프로메테우스 덕분에 무지몽매한 상태에서 벗어날 수 있었다. 질병과 사고의 위험에서 벗어나면서 수명이 연장되자 인간들은 더 이상 죽음을 두려워하지 않게 됐다. 불을 가짐으로써 인간들은 이 세상의 지배자로 군림하게 됐다. 동물을 사냥해 죽일 수 있게 됐고, 거친 바다에서도 항해할 수 있게 되었으며, 강력한 무기와 도구로 강둑을 막기도 하고 집을 짓기도 하고 성벽을 쌓기도 했다. 어마어마한 문명의 발전을 이룬 것이다. 인간들의 힘은 더욱더 강해졌다. 그러다가 마침내 제우스가 인간들이 불을 사용해서 엄청난 세력을 일구고 번성한 것을 알게 됐다.

"누가 감히 인간들에게 불을 가져다주었단 말이냐?"

"프로메테우스가 가져다주었습니다."

다른 신들이 알려주었다.

"인간들이 신처럼 살고 있다니 이것은 있을 수 없는 일이다."

제우스는 참을 수 없었다.

"프로메테우스가 인간들에게 전해준 저 힘을 빼앗아야겠다. 불을 다시 가져오도록 하라."

헤르메스가 출발하려는데, 이 소식을 들은 프로메테우스가 제우스 앞에 나타났다. 그는 제우스에게 당당하게 맞섰다.

"당장 멈추십시오."

"너는 내 명을 어기고 인간들에게 불을 가져다주었다. 왜 그런 짓을 저질렀느냐?"

"나는 인간들이 불행하게 사는 것을 가만히 지켜볼 수 없었습니다. 인간들은 문명을 이루고 강해지면서 그 모든 것이 신의 덕분이라는 것을 알고 있습니다. 그래서 우리에게 제물을 바치고 신전을 짓는 것 아닙니까?"

"하지만 인간은 어디까지나 신의 밑에 있는 존재다. 불을 가지게 되면 저들은 건방져질 것이다."

그날 하루가 저물도록 논쟁은 마무리되지 않았다. 제우스와 프로메테우스는 만날 때마다 이 문제를 가지고 끊임없이 다툼을 벌였다. 프로메테우스는 자신에게 불행한 운명이 가까워지고 있다는 것을 직감했다. 그는 조금이라도 더 인간들에게 도움을 주기 위해 틈이 날 때마다 올림포스에서 지상으로 내려갔다. 제우스는 머리끝까지 화가 치밀었다. 그는 만날 때마다 프로메테우스에게 경고했다.

"프로메테우스, 나의 인내심을 시험하지 마라. 지금 네가 무슨 짓을 하는지 다 알고 있다."

"나는 분명히 말했습니다. 나는 인간들을 보호할 겁니다. 인간들은 내가 가장 사랑하는 존재입니다. 제발 그들을 불행하게 만들지 마십시오."

그는 결코 제우스의 협박에 굴하지 않았다.

"내가 당신에게 무릎을 꿇을 것 같습니까? 절대로 아닙니다. 나는 당신과 함께 전쟁에 나섰던 동료이자 친구입니다. 나를 위협하고 복종시키려는 것은 옳지 않습니다. 티탄족 때문에 올림포스가 위험해졌을 때누가 당신과 함께 싸웠는지 잊지 마십시오."

"아니……."

그 말을 들은 제우스는 움찔했다. 부정할 수 없는 사실이었기 때문이다. 하지만 아무리 생각해도 인간들에게 불까지 주어선 안 될 것 같았다.

"인간들은 신보다 열등한 위치에서 살며 신을 한없이 두려워해야 한다. 불을 갖게 되면서 인간은 한없이 오만방자해지고 있다. 감히 지상의 지배자라 자처하며 신조차 우습게 보려 한다. 저토록 교만해진 저들이 어떤 짓을 저지를지 생각조차 하기 두렵다. 나쁜 짓을 밥 먹듯 저지를게 아니냐?"

프로메테우스도 지지 않았다.

"나쁜 짓을 하면 당연히 벌을 받아야겠지요. 하지만 불을 얻은 뒤로 저들이 이뤄놓은 저 엄청난 문명을 보십시오. 저들은 끊임없이 노력하고 땀을 흘리고 있습니다. 저들은 그저 열심히 살면서 아름다운 문명을 만들려고 할 뿐입니다. 왜 저들을 방해하고 불행하게 만들려는 겁니까?"

프로메테우스의 반발에 제우스는 두고 보자며 기회를 노리고 있었다. 그러면서 이들의 사이는 점점 더 악화되어갔다. 그러다 마침내 사건이 터지고 말았다. 시키온에서 문제가 벌어졌다. 그곳에서 신과 인간들이 모여 논의를 시작했다. 인간들은 자신들이 이토록 잘 살게 된 것은 모두 신들 덕분이라며 신들에게 조심스럽게 물었다.

"신들께 제물을 바치려고 합니다. 저희가 황소를 끌고 왔습니다. 이 소를 죽여서 신에게 바치겠습니다. 어떤 부위를 바치면 좋겠습니까?"

신들은 인간들이 제물을 바친다니 기뻐했다. 어느 부분을 신이 가지고 어느 부분을 인간이 가져야 할지 정해야 했다. 신들은 난리가 났다.

"껍데기를 바치는 것이 좋겠다."

"아니다. 살코기를 바쳐라."

"뼈를 바치면 된다."

신들이 우왕좌왕하자 제우스가 결정을 내릴 수밖에 없었다.

"제우스 신이시여, 결정을 내려주십시오. 저희가 무엇을 바치면 흡족하시겠습니까?"

제우스는 생각했다.

'꼴도 보기 싫은 인간들이 좋은 것을 먹게 할 순 없지. 당연히 신들이 좋은 걸 가져야지. 고기를 바치라고 해야겠다.'

심술궂게 웃는 제우스의 얼굴을 본 프로메테우스는 또다시 반발심이 일었다.

'제우스의 저 얼굴을 보니 무슨 생각을 하는지 뻔히 알겠구나. 분명 먹음직한 고기를 차지할 속셈일 거야. 신들은 인간들이 먹어볼 수도 없는 넥타르와 암브로시아를 배 터지게 먹는데 고기까지 차지하겠다고? 게다가 신에게 제물로 바치면 어차피 태워서 냄새만 올라가는 거잖아. 고작 냄새를 맡기 위해 인간들의 소중한 식량을 축낼 순 없어. 저 불쌍한 인간들이 고기를 먹어야 힘을 내서 더 열심히 살지.'

고심 끝에 좋은 방법을 떠올린 프로메테우스는 회심의 미소를 지었다. 그는 자신 있게 앞으로 나섰다.

"고민할 필요도 없는 문제요. 내가 해결하리다."

그가 나서자 신들은 모두 고개를 끄덕였다. 프로메테우스는 모든 신들의 신망을 한 몸에 받고 있는 신이었다. 제우스도 그런 분위기를 파악하고 있었기에 어쩔 수 없이 허락했다.

"좋소. 그러면 제물을 나누는 일은 프로메테우스가 맡으시오."

"내게 맡겨주십시오."

프로메테우스는 기쁜 듯이 칼을 들고 나섰다.

"자, 신과 인간들의 합의와 제우스 신의 명령에 따라 내가 제물을 분배하겠소."

프로메테우스는 빼어난 칼 솜씨로 죽은 소의 고기를 잘랐다. 한 접시에는 좋은 부분을 모두 잘라 얹고 그 위에 소의 가죽을 씌웠다. 얼핏 보면 가죽밖에 없는 형편없는 부위로 보였다. 다른 접시에는 뼈를 잔뜩 쌓은 뒤 인간들이 먹기 힘든 비계와 나머지 부분들을 얹어놓았다. 겉으로 보면 뼈는 눈에 띄지 않고 기름기가 좔좔 흐르는 맛있는 부위들만 모아놓은 것 같았다. 프로메테우스는 두 개의 접시를 조심스럽게 들고 제우스 앞으로 갔다.

"제우스 신이시여, 제물을 두 개로 나누었습니다. 어느 것을 선택하실지 제우스 신께서 결정하십시오."

"음, 양쪽의 무게가 똑같군. 좋다. 그렇다면 내가 결정하겠다."

제우스는 왼쪽에 있는 접시를 봤다. 털이 숭숭 나 있는 피 묻은 가죽이 쌓여 있었다. 오른쪽 접시에는 먹음직스러운 비계와 소의 내장들이 탐스럽게 얹혀 있었다. 그 밑에는 먹을 만한 살코기가 잔뜩 들어 있을 게 분명했다. 제우스는 결정했다.

"프로메테우스, 너는 지혜롭고 공평한 신으로 유명한데, 이번 분배는 공평하지 못하게 했구나. 이건 한쪽이 너무 좋고 나머지 한쪽이 너무 나쁘다. 그러나 신이 인간보다 못한 것을 가져서는 안 되니, 이쪽의 먹음직한 것을 신들에게 바치도록 인간들에게 명령해라."

"알겠습니다. 결정하신 대로 따르겠습니다."

"이 부분은 신의 것이다. 그리고 저 부분은 인간들의 것이다. 이렇게 결정했다. 이 결정은 절대 바꿀 수 없다."

제우스는 온 누리에 선언했다. 제우스의 선언은 곧 바꿀 수 없는 지상명령이었다. 프로메테우스는 고개를 숙이며 대답했다.

"결정하신 것을 존중합니다."

프로메테우스는 회심의 미소를 지으며 돌아섰다. 그 순간, 제우스는 뭔가 이상하다는 생각이 들었다.

"아니, 잠깐만 기다려라."

제우스가 비계와 내장을 걷어내자 안에는 온통 뼈다귀뿐이었다. 반대로 가죽을 씌워놓은 접시를 보니 안에 소의 기름지고 맛있는 살코기가 수북이 쌓여 있는 것 아닌가. 한번 결정을 내렸기에 앞으로 신들에게는 제물의 뼈만 올리고 인간들은 제물의 살코기를 먹게 돼버렸다. 제우스는 화가 났다. 자신은 신과 인간, 그리고 온 세상의 주인인데 이렇게 간단하게 자신을 속여버린 프로메테우스를 도저히 봐줄 수 없었다.

"에구 이런."

"쩝!"

신들은 모두 혀를 찼다. 뭐라고 대놓고 말은 할 수 없지만 제우스의 어리석음이 만천하에 드러났기 때문이다. 제우스는 화를 참지 못하고 소리쳤다.

"결정했으니 어쩔 수 없지. 하지만 인간들이 쓰고 있는 저 불은 돌려받아야겠다. 당장 지상의 불을 모두 없애라! 그래, 너희 인간들은 어디 날고기를 맘껏 먹어보아라. 너희들의 어리석고 교활한 친구인 프로메테우스 덕분에 이제 너희들은 추위에 떨던 과거로 돌아갈 것이다. 이것으로 내 결정은 끝났다!"

제우스는 불같이 화를 내며 올림포스의 황금 궁전으로 돌아가버렸다. 그의 손에는 지상의 모든 불이 응축된 횃불이 들려 있었다. 올림포스 산꼭대기에 있는 동굴에 그 불을 보관하면서 제우스는 말했다.

"프로메테우스, 조심해라. 내가 응징하거나 벌을 내릴 때 얼마나 가혹한지 너는 알 것이다. 이 불을 한 번만 더 건드리면 그 순간 너에게 그런 벌을 내릴 것이다."

동굴 속에서는 꺼지지 않는 불이 타오르고 있었다. 프로메테우스는 인간들을 상대로 신답지 않은 옹졸한 모습을 보인 제우스에게 화가 났

다. 하지만 그 자리에서 맞서면 반역으로 받아들여져 다른 신들의 집단
적인 반발을 살 게 뻔했다. 그저 마음속으로 결의만 다질 뿐이었다.

'흥, 그까짓 협박에 내가 넘어갈 줄 알고?'

인간을 돕고 싶은 프로메테우스의 마음에는 변함이 없었다. 어떠한
희생을 치르더라도 그 불을 인간들에게 돌려주고 싶었다. 그날 밤, 프로
메테우스는 올림포스산에 몰래 숨어 들어가서 곧 제우스의 비밀 동굴
로 향했다. 그러곤 불붙은 장작을 꺼내서 몰래 땅으로 내려가 인간들에
게 불을 돌려주었다.

"너희들에게 불을 돌려주마."

"만세! 프로메테우스 신 만세."

그때부터 인간들은 다시 고기를 익혀 먹을 수 있게 됐다. 인간들은
제물로 바친 짐승의 고기를 요리해서 먹고 신들에게는 뼈만 바쳤다.

"제우스 신이시여, 큰일 났습니다."

제우스는 허겁지겁 달려오는 헤르메스를 보고 불길한 예감이 들었다.

"프로메테우스냐?"

"예, 맞습니다. 프로메테우스가 아버지의 명령을 어기고 인간들에게
불을 돌려줬습니다."

제우스는 더 이상 참을 수 없었다.

"프로메테우스에게 벌을 내리겠다! 하지만 먼저 제 분수에 맞지 않
는 평화와 행복을 누리고 있는 저 꼴 보기 싫은 인간들부터 벌주겠다!
헤파이스토스, 이리 가까이 오라."

제우스는 헤파이스토스에게 명령했다.

"신을 묶을 수 있는 쇠사슬을 만들어라. 그것으로 프로메테우스에게 가장 가혹한 형벌을 내리겠다. 그리고……."

제우스는 프로메테우스가 그토록 사랑하는 인간들에게 고통을 주기로 결심했다. 이를 위해 아주 간교한 꾀를 냈다. 어느 신도 그의 이야기를 들을 수 없게 헤파이스토스의 귀에 대고 명령을 내렸다. 헤파이스토스는 깜짝 놀라 눈이 동그래졌다.

"알겠습니다. 가혹한 명령이지만 어쩔 수 없지요. 시행하겠습니다."

헤파이스토스는 대장간 문을 잠갔다. 이번에는 망치 소리도 풀무 소리도 나지 않았다. 한참 동안 조용한 가운데 대장간 안에서는 놀라운 일이 벌어지고 있었다. 헤파이스토스는 바닷가의 고운 진흙을 퍼다가 여인의 모습을 한 조각상을 만들었다. 비록 조각상이지만 여신보다 아름다운 모습이었다. 며칠 후 제우스가 헤파이스토스의 대장간을 찾아왔다.

"어찌 됐느냐?"

"여기 있습니다."

제우스는 진흙으로 만든 여인상 주위를 한 바퀴 돌면서 살펴보고는 매우 만족스러워했다.

"이 정도면 잘 만들었구나. 내가 목소리와 영혼을 불어넣어 사람처럼 만들겠다."

진흙으로 만든 여인상은 순식간에 사람처럼 움직이게 됐다.

"아, 제가 만들었지만 정말 아름답군요."

헤파이스토스는 움직이는 여인상을 바라보며 감탄했다.

"이제 이 여인을 꾸미도록 신들에게 명해라."

소문을 듣고 다른 신들도 와서 구경했다. 신들은 아무것도 걸치지 않은 여인에게 옷과 화관, 그리고 각종 장신구를 선물로 주었다. 여인은 순식간에 여신 같은 미모를 갖추게 됐다. 아테나는 태양보다 빛나는 화사한 옷을 입혔고, 세 명의 미의 여신인 카리테스들은 솜씨를 발휘해서 화려한 보석 장신구로 그녀를 꾸며주었다. 아프로디테는 보는 순간 누구나 사랑에 빠지도록 우아함을 불어넣었다. 신들의 솜씨가 더해지자 여인은 더욱 완벽해졌다. 제우스는 여인의 이름을 지어주었다.

"너의 이름을 판도라라고 짓겠다. 모든 선물을 받아서 이렇게 아름다워졌기 때문이다."

판도라라는 이름은 모든 선물이라는 의미를 가지고 있다. 아름다운 외형을 갖춘 판도라에게는 그에 걸맞은 교육이 필요했다. 제우스는 헤르메스를 불렀다.

"헤르메스, 너는 판도라를 교육시켜라. 달콤한 말을 할 줄 알게 하고, 사나운 말도 할 수 있게 만들어라. 간사하고 잘 배신하며 남을 속이는 성격도 집어넣어라. 인간의 모든 추악한 면을 저 아름다운 여인에게 가르쳐보아라."

"예, 아버지."

헤르메스는 제우스의 요구대로 판도라를 교육시켰다. 판도라는 가장 사악하지만 가장 아름다운 여인이 되었다.

"훈련이 끝났습니다."

교육이 끝난 뒤 판도라를 본 제우스는 크게 만족했다. 그는 또 명령을 내렸다.

"훌륭하구나. 이 여인을 프로메테우스의 동생인 에피메테우스 주변에 데려다놓아라."

에피메테우스는 어리석은 데다 욕심이 많고 무엇 하나 제대로 해낸 적 없는, 무능함의 대명사 같은 존재였다. 그의 이런 점 때문에 프로메테우스는 늘 동생에게 경고했다.

"동생아, 우리 집안은 제우스에게 미운털이 박혔다. 나는 특별히 그의 미움을 더 많이 받고 있지. 나를 괴롭히기 위해 동생인 너를 이용할 가능성이 높다. 그러니까 절대로 제우스가 주는 선물을 받거나 제우스가 시키는 대로 하지 말아라. 그것이 너를 지키는 일이고 우리 집안을 지키는 일이다."

"알겠어요, 형님. 걱정하지 마세요."

에피메테우스는 어리석긴 했지만 프로메테우스의 당부를 잊지 않고 있었다. 그가 자신의 집에서 빈둥거리고 있는데, 헤르메스가 유쾌한 목소리로 외쳤다.

"에피메테우스, 나와보게."

"무슨 일인가? 헤르메스."

하품을 쩍쩍하며 집 밖으로 나온 에피메테우스는 그야말로 눈이 휘둥그레졌다. 입이 떡 벌어질 만큼 아름다운 여인이 헤르메스 옆에 서 있었기 때문이다.

"안녕하세요, 에피메테우스 님."

"이 아름다운 여인은 누구인가?"

헤르메스가 설명했다.

"제우스 신께서 외롭게 살고 있는 그대를 위해 보내준 사람이라네."

에피메테우스는 여인의 미모에 반쯤 넋이 나가 집 안으로 허둥지둥 맞아들였다.

"어서 오시오. 그나저나 당신은 정말 아름답군요. 나는 그대에게 한눈에 반했소!"

그는 제우스의 선물인 판도라를 자신의 아내로 맞아들였다. 에피메테우스는 판도라에게 금세 빠져버렸다. 자신이 무슨 일을 해야 하는지, 지금 어떤 상태인지 아무것도 생각할 수 없었다. 세월이 가는지 마는지 생각지도 못하고 그냥 판도라 곁에만 머물러 있었다. 한편, 판도라는 온 집 안을 돌아다니며 이것저것 궁금한 것을 물었다.

"서방님, 저건 뭐예요?"

"아, 저것은 하늘의 역사를 기록한 책이오."

"이것은 무엇이지요?"

"영원히 시들지 않는 꽃이지."

이렇게 잘난 척하며 이것저것 가르쳐주고 있는데, 자그마한 예쁜 상자가 판도라의 눈에 띄었다.

"저 상자는 무엇인가요?"

그걸 보는 순간, 에피메테우스는 정신이 번쩍 들었다.

"그 상자는 건드리면 안 돼요."

"아니 왜요?"

"그 상자는 아무도 열면 안 되는 상자요. 그래서 뚜껑을 단단히 닫아놓았지. 알 필요 없어요."

에피메테우스는 상자를 집 안 깊숙한 곳에 잘 갈무리해두었다. 에피메테우스는 새로운 일을 계획하거나 진행할 능력은 없지만 시키는 일은 잘하는 편이었다. 그는 상자를 잘 간수하라는 형의 당부를 잊지 않고 있었다. 판도라는 다른 것은 다 보여주면서 그 상자만 감추며 열어보지도 못하게 하고 접근할 수도 없게 하자 더 궁금해졌다.

"판도라, 절대 이 상자에 관심을 갖지 마시오. 형님이 절대로 열면 안된다고 말했소. 만약 상자가 열린다면 엄청난 악과 불행이 세상을 뒤엎게 될 거요."

그러자 판도라는 귀엽게 미소 지으며 말했다.

"알겠어요. 서방님이 그렇게 말씀하신다면 열어볼 필요 없겠지요."

판도라는 호기심이 일었지만 꾹꾹 참았다. 하지만 그 상자에 무엇이 들어 있나 너무나 궁금했다. 누구나 하지 말라는 것은 더 하고 싶어지는 법이다. 에피메테우스가 신신당부하니 더 열어보고 싶었다. 손을 떼라는 말은 손을 대라는 말이고, 열지 말라는 것은 열라는 말처럼 느껴졌다.

"저 상자 안에 대체 무엇이 들어 있는 걸까? 아, 정말 궁금해서 미치겠다. 무엇이 들어 있길래 저렇게 꽁꽁 숨겨두는 거지? 세상에서 제일 좋은 금은보화가 들어 있는 걸까? 내가 탐을 낼까 봐 열지 못하게 하는 건 아닐까?"

에피메테우스는 판도라와 신혼 생활을 즐기면서 잠시도 그녀와 떨어지지 않았다. 그와 달콤한 시간을 보내면서도 판도라의 머릿속에는 상자를 열어보고 싶다는 생각뿐이었다. 그러다 마침내 기회가 왔다. 에피메테우스가 잠시 외출할 일이 생긴 것이다.

"잠깐 밖에 다녀오겠소. 다시 한번 당부하지만, 저 상자는 절대 건드리지 마시오."

"알았어요. 당신이 그렇게 당부하는데, 제가 왜 저 상자를 건드리겠어요?"

에피메테우스는 몇 번이나 당부하고는 집을 나섰다. 그의 모습이 사라지자마자 판도라는 달려갔다. 깊은 방에 숨겨놓은 상자를 열어보니 그 안에 또 다른 상자가 들어 있었다. 에피메테우스가 절대로 열면 안 된다고 말한 바로 그 상자였다.

'살짝 열어보자. 아니야. 남편이 열지 말라고 그렇게 당부했는데, 그 말을 들어야 하는 것 아닐까? 아니야. 살짝 열어보는 건 괜찮을 거야. 훔쳐 가려는 것도 아닌데 뭐. 살짝 보고 금방 닫으면 괜찮을 거야.'

판도라는 상자의 자물쇠를 비틀고 살짝 열어 올렸다. 어찌나 단단하게 밀봉해놓았는지 칼을 가져다가 밀랍을 뜯어내야 할 정도였다. 밀랍을 뜯어내고 살짝 뚜껑을 여는 순간, 놀라운 기운이 안에서 뿜어져 나오더니 상자가 덜커덕 열려버렸다. 그러더니 상자 안에서 이 세상의 모든 나쁜 것들이 튀어나왔다. 괴물의 형상을 한 연기가 온 방 안을 헤집으며 괴성을 질렀다.

"으히히히! 나는 미움이다."

"나는 질투야!"

"나는 증오. 다 죽여버리겠다."

모든 악의 정령들과 나쁜 것들이 쏟아져 나와 방 안을 휘저었다. 판도라는 두려움에 휩싸여 비명을 질렀다.

"아아악!"

하지만 이미 늦은 뒤였다. 악한 것들이 땅 위로 퍼져 나가기 시작했다. 판도라는 허둥대며 도망치다 생각했다.

'잠깐만. 지금이라도 가서 저 상자를 덮어야겠다. 나의 실수를 조금이라도 만회해야 돼.'

판도라는 두려움에 떨며 눈을 꼭 감은 채 더듬거리며 뭔가 계속 쏟아져 나오고 있는 상자를 붙잡더니 있는 힘껏 뚜껑을 닫았다. 하지만 방 안을 떠돌던 악한 것들은 이미 모두 빠져나간 뒤였다. 잠시 뒤, 인간 세상 여기저기에서 비명 소리가 들려오기 시작했다.

"아아악!"

"죽어라!"

"전쟁이다!"

인간의 사악함이 온 세상에 퍼져 나갔다. 선하고 순박한 존재였던 인간이 악한 면을 갖게 된 이유는 바로 판도라가 상자를 열었기 때문이다. 그래서 인간은 신이 될 수 없었다. 악의 정령들이 온 세상에 골고루 퍼져서 인간들을 한 명도 빠짐없이 사로잡았다. 악의 정령들은 이곳저곳 떠돌아다니며 사람들 사이에서 분란을 일으켰다. 이를 본 프로메테우스는 머리를 쥐어뜯었다.

'아, 어리석은 동생 때문에 내가 기껏 잡아놓았던 모든 나쁜 것들이 인간 세상에 퍼졌구나.'

너무나 괴로웠다. 그가 가둬두었던 악의 정령들이 온 세상 곳곳에 퍼져 다시 잡아넣는 건 불가능해 보였다.

텅 빈 상자의 뚜껑을 닫은 뒤 판도라는 눈물을 흘렸다. 도저히 이 모든 일을 책임질 자신이 없었다.

"흑흑흑, 남편의 말을 들었어야 했는데……."

서럽게 울고 있는데, 갑자기 상자가 움직였다.

"어머나, 이게 왜 이러지?"

깜짝 놀란 판도라가 상자를 더더욱 무거운 돌멩이로 눌러놓으려는데 안에서 소리가 들렸다.

"여보세요. 저도 나가게 해주세요."

"너는 누구냐?"

"저는 맨 밑에 깔려 있느라 꼼짝도 하지 못했답니다. 나쁜 것들이 다 나가고 난 뒤에야 움직일 수 있게 되었어요. 저는 꼭 나가야 합니다. 제가 나가지 않으면 상자에서 빠져나간 나쁜 것들 때문에 사람들이 살 수 없을 거예요."

"거짓말하지 마. 너까지 내보내면 남편이 나를 죽일지도 몰라."

"저는 꼭 나가야 돼요. 이런 절망적인 상황에서도 죽지 않겠다는 마음이 들게 하는 게 바로 접니다."

그 목소리는 너무나 부드럽고 상냥했다. 판도라는 여전히 의심스러웠지만, 상자 안의 목소리를 따를 수밖에 없었다.

"제가 나가야만 인간들이 버텨낼 수 있을 거예요. 모든 불행과 곤란과 어려움과 가난과 질병으로 인간들이 고통받겠지만, 제가 나가면 한 줌 용기를 줄 수 있을 거예요."

그 말을 듣고 판도라는 마지못해 뚜껑을 열었다. 그러자 조금 전과는 달리 파란 하늘 같은 선량한 기운이 빠져나와 방 안을 감쌌다. 그것을 본 판도라는 마음이 조금 편해졌다.

"아, 마음이 편해지는 것 같아. 너는 누구니?"

"저는 희망이에요. 제가 가서 온갖 나쁜 것들에 시달리고 있는 인간들에게 긍정적인 마음을 줄게요."

제우스의 계획대로 판도라가 상자를 열어버려서 인간들은 고난을 겪게 되었다. 그러나 이 세상 온갖 나쁜 것들 가운데 희망이 있기에 인간들은 고통을 견디며 살 수 있었다.

온 세상을 고통에 빠뜨렸지만 제우스의 징벌이 끝난 건 아니었다. 인간에 대한 징벌은 이로써 완성됐지만 프로메테우스에 대한 징벌이 남아 있었던 것이다.

12

대홍수와 방주

　판도라가 비밀 상자를 연 이후, 인간 세상은 눈 뜨고 볼 수 없을 정도로 참혹해졌다. 서로의 물건을 빼앗고 시기하고 질투하고 뒤에서 험담하기 일쑤였다. 이 모든 것들이 겹쳐지면서 인간들의 삶은 점점 피폐해졌다. 사람들은 잔인해졌다. 사소한 일에도 칼을 뽑아 들고 휘둘러댔다. 자기와 생각이 다르면 적으로 간주하고 끊임없이 비방했다. 권력을 차지하기 위해 수단과 방법을 가리지 않았으며, 돈을 벌기 위해서라면 온갖 나쁜 짓도 서슴지 않고 저질렀다. 힘과 권력을 차지하기 위해 주변 사람들을 배신하는 게 물 한 잔 마시는 것보다 쉬운 일이 됐다. 그리하여 세상은 눈뜨고 볼 수 없는 지경이 됐다.

판도라의 상자에서 마지막에 나온 희망이 절망에 빠진 사람들에게 용기를 북돋아주려 했지만, 힘에 부칠 수밖에 없었다. 이때부터 인간들은 가끔 찾아오는 희망에서 겨우 살아갈 힘을 얻어 고통스럽고 괴로운 삶을 간신히 이어갈 뿐이었다. 날로 잔인하고 피폐해지는 인간들을 보면서 제우스는 환멸을 느꼈다.

"저 인간들을 싹 쓸어버리고 새로운 인간들을 창조하고 싶구나."

올림포스의 신들은 모두들 제우스를 만류했지만 그는 이미 마음을 굳힌 상태였다.

"더 이상 저들을 두고볼 수 없다."

그러나 인간들을 쓸어버리려면 타당한 이유가 있어야 했다. 아무리 신이라 해도 자기 마음대로 인간들을 멸망시킬 수는 없었기 때문이다. 어떤 빌미가 있을까 고민하던 제우스는 아르카디아의 왕 리카온을 생각해냈다. 그는 아들을 쉰 명이나 둔 것으로 유명했다.

사실 판도라의 상자가 열리기 전까지 리카온은 아주 훌륭한 왕이었다. 그는 근본적으로 품성이 착했고 백성들을 사랑했다. 그러한 마음을 가졌기에 신들이 쉰 명이나 되는 아들을 선물한 것이다. 뿐만 아니라 그는 자신의 행복을 제우스가 주었다고 생각하고 신전은 물론 니코사우라라는 도시를 만들어 제우스 신에게 선물로 바쳤다. 또한 신전 앞에서 운동 대회를 열어 제우스를 기렸는데, 이때마다 많은 순례자들이 찾아와 제우스의 놀라운 은총에 감사하는 기도를 올렸다.

판도라의 상자가 열리기 전까지 아르카디아는 이토록 아름다운 곳이었고, 리카온은 제우스를 칭송하며 그의 명예를 드높이는 왕이었다.

그는 그리스 사람들이 자신의 나라를 찾아오는 것을 기뻐하며 온 정성을 다해 맞았다. 잠자리가 없다고 하면 자신의 궁전을 기꺼이 내놓을 정도였다. 자신의 나라에 많은 사람들이 찾아와 즐겁게 지내는 것이 멀리 내다보면 국력을 키우는 길이라는 것을 지혜로운 리카온은 잘 알았다. 내주는 사람은 얻는 법이고, 손해를 볼 줄 알아야 큰 이익을 차지할 수 있기 때문이다.

운동 대회가 벌어지는 날은 그야말로 어마어마한 잔치가 열렸다. 오늘날의 올림픽처럼 전 그리스에서 사람들이 찾아와 자신의 기량을 겨루고, 밤이면 먹고 마시며 즐거운 시간을 보냈다. 그러나 이런 평화와 행복은 오래가지 않았다. 판도라의 상자가 열린 뒤 악의 정령들이 도시 곳곳에 스며들었다. 그날 이후 니코사우라에 찾아오는 사람들은 문전박대를 당했다.

"지나가는 나그네입니다. 하룻밤 자고 갈 수 있을까요?"

"남는 방이 없소."

무뚝뚝한 목소리로 대답하거나 코앞에서 문을 쾅 닫는 것 정도는 아무것도 아니었다.

"재수 없으니 꺼져!"

무기를 들고 나와 낯선 이가 집 주변에 얼씬도 못 하게 하는 사람도 있었다. 사람들은 더 이상 니코사우라에 찾아오지 않았다. 스스로를 고립시킨 채 니코사우라는 자기들끼리도 서로 으르렁대는 험악한 도시로 변해갔다. 제우스를 추앙하고 제우스의 뜻에 따라 번영하던 도시는 이렇게 서서히 몰락해갔다. 이런 불행한 기운은 제우스의 충실한 신도 리카온에게도 영향을 미쳤다.

이런 상황에서도 제우스의 명예를 기리는 운동 대회는 여전히 열리고 있었다. 사람들이 많이 오지는 않았지만 대회의 전통은 이어진 것이다. 예전에는 선수들과 관람객들이 거리에 모여들어 모두들 신나게 음악을 연주하고 춤추고 노래하며 신나게 전야제를 즐기다가 밤이 되면 니코사우라 사람들이 앞다퉈 자신의 집에 데려가서 재워주고 융숭한 대접을 하는 것이 관례였다. 그러나 이제는 해가 떨어지면 사람들이 다들 자신의 집에 들어가 문을 닫아걸고 혹시라도 누가 찾아올까 봐 전전긍긍하며 마당에 개를 풀어놓거나 칼과 창을 들고 서 있었다.

"어디 가서 자야 되지? 잘 곳이 없어."

"기껏 손님들을 초대해놓고 이게 무슨 짓이야?"

사람들은 우왕좌왕했다. 이런 일은 한 번도 없었기 때문이다. 날씨가 쌀쌀해졌는데도 해가 저물 때까지 머물 곳을 찾지 못해 사람들은 할 수 없이 길거리 구석이나 광장에서 담요를 덮어쓰고 잠을 청했다. 귀한 손님들이 졸지에 노숙자가 되어버린 것이다.

리카온은 알지 못했지만, 이들 가운데 제우스가 있었다. 제우스는 자신을 기리는 도시에서 열리는 운동 대회에 얼마나 많은 사람들이 와서 기뻐하며 자신을 칭송할지 궁금했다. 그는 인간의 모습을 하고 가서 눈으로 직접 확인해보기로 결심했다. 그런데 막상 와보니 어느 집 하나 손님들을 맞아주지 않는 것을 보고 제우스는 깜짝 놀랐다.

'리카온 이자가 이렇게까지 변하다니 이해할 수 없군. 마지막으로 궁전에 한번 찾아가봐야겠다.'

제우스는 남루한 복장을 한 채 궁전으로 다가가 문지기를 보고 외쳤다.★

"왕을 보러 왔소. 운동 대회에 참가하러 온 다른 나라의 신인(神人)이오."

여느 사람 같으면 창으로 위협해서 쫓아냈을 테지만, 문지기가 보니 생김새가 범상치 않은 게 영웅이 분명했다. 온몸에서 광채가 나고 얼굴이 잘생긴 것은 물론 온몸의 근육이 사람의 것으로 여겨지지 않을 정도로 우람했기 때문이다. 문지기는 두려움에 떨며 말했다.

"자, 잠시 기다리시오."

황급히 궁전으로 달려 들어간 문지기는 리카온에게 아뢰었다.

"비범한 자가 찾아와 폐하를 알현하고 싶다고 합니다. 어떻게 할까요?"

"얼른 쫓아내지 않고 무엇 하느냐?"

"그, 그게 쫓아낼 만한 사람이 아닌 것 같았습니다."

"뭐라고?"

문지기는 수많은 사람을 겪어서 닳고 닳은 사람이다. 그런 자가 쫓아내선 안 될 것 같다고 말하는 것을 보고 리카온은 궁금해졌다.

"어디 들어와보라고 해라."

궁전에 들어온 제우스는 위엄 있는 표정으로 리카온을 마주 봤다.

"잠잘 곳을 찾아왔소. 이렇게 운동 대회가 개최될 때는 궁전에서 잠자리를 제공해준다고 들었소. 작은 방 하나만 내주시오."

리카온은 자기 앞에 있는 사람이 제우스라는 것을 본능적으로 알아

차렸다. 예전 같았으면 그대로 엎드려 모든 정
성을 다했을 테지만, 그는 이미 변해버린 뒤였
다. 판도라의 상자가 열려서 온 세상을 돌아다
니는 오만함과 방자함, 그리고 무례함에 영혼
이 사로잡혀 있는 상태였던 것이다. 리카온은
상대가 제우스라는 사실을 무시한 채 말했다.

"미안하지만 당신 같은 방문객이 너무나
많아서 어쩔 수 없소. 당신은 즐기고 가면 그
만이지만, 우리는 온 도시를 청소하고 망가진
시설들을 복구하느라 정신이 없소. 그냥 숲이
나 들판의 적당한 곳에서 잠을 청하시오."

치밀어 오르는 화를 억누르며 제우스는 다
시 한번 말했다.

"숲이나 들판은 사람이 자는 곳이 아니오.
어떻게 사람을 동물들이 자는 곳에서 자라고
하는 것이오?"

그렇게 기회를 주었는데도 리카온의 태도
는 변하지 않았다. 제우스는 분노했다.

'세상의 주인으로서 도저히 저자의 행태를
보고 있을 수 없구나.'

분노가 커질수록 제우스의 몸에서는 광채
가 뿜어져 나오기 시작했다. 이를 본 신하들과

여기서
잠깐!!

주인공이 남루한 옷을 입고 나타나
상대방을 시험하는 일은 너무나 많
은 이야기에서 찾아볼 수 있어. 신
화는 물론이고 전 세계 설화에도 자
주 나오지. 심지어 《성경》 속 예수조
차 네 이웃을 잘 돌봐주는 것이 나를
돌보는 것이라고 했어. 우리나라의
《춘향전》을 보면, 과거에 급제한 이
도령이 짐짓 거지처럼 분장하고 장
모인 월매 앞에 나타나 자신에 대한
태도를 시험해보는 장면이 나와. 이
런 이야기 구도의 원류는 바로 신화
에서 찾아볼 수 있지.

궁전에서 일하는 자들은 모두 엎드려 벌벌 떨었다. 제우스에게 최대한 예를 갖춘 것이다. 하지만 판도라의 상자에서 나온 악의 정령들에게 사로잡힌 리카온과 쉰 명의 아들들은 여전히 뻣뻣하기만 했다. 이들은 꿇어 엎드린 채 두려워하는 신하들과 시종들을 보고 말했다.

"네 이놈들, 어디 이방인에게 절을 하느냐? 너희들의 왕은 바로 나다. 나를 경배하란 말이다. 저런 이방인 따위에게 절하지 말고."

그러자 늙은 재상이 진정 걱정하는 목소리로 말했다.

"왕이시여, 제발 정신 차리십시오. 어찌하여 저분을 이방인이라고 하십니까? 우리는 이방인을 숭배하는 게 아닙니다. 눈이 있으면 보십시오. 저분이 말씀하시지는 않았지만 자신이 제우스 신이시라는 것을 밝히고 계시지 않습니까?"

"가당치 않은 소리 하지 마라. 신이 어떻게 사람이 된단 말이냐?"

"과거에 우리는 제우스 신을 모시고 그분의 명을 따랐습니다. 모든 이방인들을 받아들이고 그들과 함께 행복하게 살았습니다. 그랬기에 이렇게 번성할 수 있었던 것 아닙니까? 그런데 지금 우리는 어떻습니까? 말도 안 되는 이유로 손님들을 몰아내고 쫓아내고 있지 않습니까? 우리 도시에 문제가 생긴 게 틀림없습니다. 제우스 신께서 우리를 찾아오신 것은 잘못된 것을 바로잡을 기회를 주시려는 것입니다. 대왕이시여, 제발 이분을 반갑게 맞아주십시오. 제우스 신이십니다. 이분이야말로 온 우주의 통치자 아니십니까? 후회할 일을 하지 마십시오. 대왕이시여, 잔치를 열어 제우스 신을 모셔야 합니다."

다른 신하들과 시종들도 일제히 외쳤다.

"통촉해주시옵소서, 대왕이시여."

시종들은 리카온이 명령만 내리면 바로 음식을 준비하러 갈 태세였다. 그러나 리카온의 입에서는 전혀 엉뚱한 말이 나왔다.

"건방진 영감탱이 같으니라고. 감히 나에게 충고하는 것이냐? 네가 나에게 이래라저래라 말할 자격이 있는가?"

한 나라의 재상은 왕이 바른 판단을 하도록 의견을 내놓는 자다. 그러나 리카온은 자신이 그런 자리에 임명했다는 사실은 생각도 하지 않고 도리어 화를 냈다. 리카온 역시 그가 제우스라는 것을 알고 있었다. 그러나 제우스를 경배하고 대접해야 된다는 이성은 그의 안에 들어와 있는 악의 정령들에 의해 가려졌다. 그러다 보니 자신도 모르게 이렇게 푸대접하게 된 것이다.

"좋다. 그렇게 음식을 바치고 싶다면 마음대로 해봐라."

신하와 시종들은 제우스를 상석으로 안내하고 음식을 준비하기 위해 바쁘게 움직였다. 그들이 한창 분주하게 움직이고 있는데 리카온의 명을 받은 시종이 주방으로 들어와 왕의 명을 전했다.

"좋은 음식은 치워라. 저기 내다 버리기 직전인 썩은 고기와 썩은 채소로 요리를 만들라는 명이다."

"안 됩니다. 어찌 신께 그런 음식을 바친단 말입니까?"

"대왕의 명이시다. 시키는 대로 해라."

요리사들은 벌을 받을까 봐 두려워하면서 썩은 재료로 만든 먹을 수 없는 음식을 잔뜩 차려서 제우스 신에게 올렸다. 거기에는 죽은 사형수들의 고기도 섞여 있었다. 제우스는 리카온이 어디까지 가나 하는 심정으로 화를 누르고 기다렸다. 이윽고 시종들이 연회장으로 줄지어 들어와 한 상 가득 음식을 차렸다. 겉보기에는 화려한 요리 같지만 음식이 차려지자 온 궁전에 썩은 내가 진동했다. 구역질이 나서 견딜 수 없었다. 사람 고기, 썩은 고기, 병들어 죽은 동물의 고기는 물론이고 시들고 썩은 채소와 말라비틀어진 재료로 만든 음식들이었다. 마침내 제우스의 분노가 폭발했다.

"네 이놈, 보자 보자 하니까 나를 능멸하려 드는구나. 온 우주를 다스리는 나를 이따위 음식으로 모욕하려는 거냐?"

제우스는 거대한 자신의 본모습으로 돌아갔다. 허공으로 떠오른 그는 치밀어 오르는 분노를 이기지 못하고 가지고 있던 벼락으로 궁전을 때렸다. 연달아 터지는 벼락을 맞아 궁전은 무너져 내리고 불타올랐다. 도망치는 리카온과 그의 아들들을 보며 제우스는 크게 외쳤다.

"네놈들이야말로 숲과 들판에서 살아야 할 놈들이다. 너희들은 평생 그곳에서 썩은 고기와 썩은 음식을 먹는 존재가 되어라."

제우스의 명에 따라 그들은 바싹 마른 지저분한 들개로 변했다. 리카온과 아들들은 깽깽대면서 숲속에서 몰려다녔다. 오늘날 아프리카에 가면 리카온이라 불리는 들개가 있다. 그들은 썩은 고기를 먹으며 들판에서 무리 지어 행동한다.

모처럼 지상에 내려왔던 제우스는 이처럼 인간들에게 참을 수 없는 모욕을 받고 말았다. 제우스는 분노했다.

'똑똑히 알겠다. 인간이라는 족속이 어떤 자들인지. 프로메테우스, 인간들을 사랑한다고 했지? 인간들을 지켜주겠다고? 이것이 네가 사랑하

는 인간들의 행태다. 이 땅 위에 어떤 인간도 남겨두지 않겠다.'

올림포스산에 올라온 제우스의 흥분한 모습을 보고 다른 신들이 앞다퉈 말렸다.

"위대한 제우스 신이시여, 인간들 중에 나쁜 자들만 있는 건 아닙니다. 선량한 자도 분명히 섞여 있습니다. 그들까지 벌을 받으면 억울하지 않겠습니까?"

"필요 없다. 죄가 있건 없건, 착하건 악하건, 인간 자체가 쓸데없는 족속이다. 인간을 영원히 파멸시키겠다. 인간들은 지금까지 겪었던 그 어떠한 처벌보다 훨씬 가혹한 처벌을 받게 될 것이다."

신들은 모두 고개 숙이고 체념하며 돌아섰다. 앞으로 더 이상 제사를 통해 인간들에게 제물을 받을 수 없을 거라는 생각에 신들은 낙담했다.★

한편, 제우스는 지상을 내려다보며 어떻게 하면 인간들을 한꺼번에 쓸어버릴 수 있을까 고민했다. 불로 공격하려니 불이 나면 매캐한 연기가 올림포스까지 올라올 것은 물론 이리저리 피해 다니는 인간들을 모조리 태워 없애

우리는 여기에서 이상한 점을 발견할 수 있어. 판도라가 상자를 열어 인간 사회에 모든 나쁜 것들을 퍼프렸는데, 판도라는 누가 만들었지? 바로 제우스야. 헤파이스토스에게 명령해서 제우스가 만들었지. 인간이 타락한 책임은 결국 제우스에게 있다고 할 수 있어. 인간이 망가지고 악해진 이유는 다 제우스 때문인 거지. 그러나 제우스는 자신이 어떤 행동을 했는지는 생각조차 하지 않았어. 그의 목표는 프로메테우스를 제거하는 것이었기 때문이야. 인간들을 사랑하고 인간들에게 선물을 준 프로메테우스는 은연중에 신들 사이에서도 존경을 받고 있었어. 한마디로 프로메테우스는 제우스의 정적이었던 거야. 정적을 제거하기 위해 제우스는 눈에 보이는 게 없었어.

려면 오랜 시간이 걸릴 것 같았다.

'흠, 물로 쓸어버려야겠군.'

제우스는 남풍의 신을 불렀다.

"남풍의 신, 오거라. 너는 이제부터 저 바다와 강에 있는 물을 모두 끌어 올려 인간들 세상으로 보내라."

"그렇게 하면 비가 쏟아질 겁니다."

"내가 원하는 게 바로 그것이다. 당장 시행하라."

"알겠습니다."

남풍의 신은 달려가 지중해 바다에 있는 모든 물을 끌어모아 북쪽으로 올려 보냈다. 그리스 전역에 먹구름이 뒤덮였다. 낮인데도 사방이 밤처럼 어둑어둑해졌다. 수증기를 잔뜩 품은 구름이 세찬 바람에 몰려와 모든 빛나는 것들이 가려졌다. 그런 데다 제우스가 직접 간간이 천둥과 번개를 때려댔다. 구름 사이에서 마구 벼락이 치는 것을 보며 인간들은 두려워했다. 종말의 날이 온 것만 같았다. 사람들은 모두 자기 집에 숨어버렸다. 먹구름이 그리스 전역을 덮자 제우스는 명령을 내렸다.

"비야, 퍼부어라."

시커먼 먹구름 안에 응축되어 있던 수증기들이 엉기며 굵은 빗방울이 되어 떨어지기 시작했다. 하루, 이틀, 사흘, 열흘, 보름이 지나도 비는 그치지 않았다. 남풍이 계속 수증기를 머금은 구름을 그리스로 보내왔기 때문이다. 무서운 재앙이었다. 하늘에서 폭포수가 쏟아지는 것만 같았다. 바닷물은 아직도 충분히 많았다. 대지가 잠길 만큼 엄청난 비구름이 계속 만들어졌다.

"아아, 비가 온다. 어서 도망쳐라."

인간들은 높은 곳으로 도망치기 시작했다. 산꼭대기마다 몰려드는 사람들로 발 디딜 틈이 없어졌다. 들판은 이미 거대한 호수로 변해버린 지 오래였다. 발밑으로 서서히 물이 차오르자 인간들은 조금이라도 더 위로 올라가려고 위에 있던 사람을 잡아당겨 물에 빠뜨렸다. 그야말로 지옥이었다. 이미 산꼭대기에 오른 자들은 돌멩이를 굴리거나 무기를 휘둘러 올라오려는 자들을 높아지는 수면 아래로 밀어 넣었다. 인간들은 산꼭대기에 개미처럼 바글바글 모여서 비명을 질렀다. 자신이 믿는 신의 이름을 아무리 불러도 신들은 도움을 주지 않았다. 이 모든 것은 제우스의 결정에 따른 것이었기 때문이다. 신들은 모두 고통스러운 표정으로 그 모습을 내려다봤다.

"아아, 차마 눈 뜨고 보기 힘들다."

"그러게 말이야."

물은 점점 차올랐다. 비가 그치지 않아 홍수가 사그라들 기미조차 보이지 않았다. 마침내 가장 높다고 하는 산조차 물에 잠겼다. 서로 높은 곳에 올라가려고 싸우던 인간들도 모두 물 밑으로 가라앉았다. 땅 위에 남은 것이라고는 올림포스산과 파르나소스산 두 봉우리뿐이었다. 사람들이 살고 농사를 짓고 과일을 채취하고 가축들이 뛰어놀던 아름다운 산과 들판은 이제 더 이상 존재하지 않았다. 인간의 터전은 각종 물고기와 해양 생물들의 영토가 되어버렸다. 바다로 변해버린 육지에서 돌고래들은 인간들이 살던 집을 드나들며 마음껏 구경했다.

인간이 이렇게 멸종하는가 싶었지만 그렇지는 않았다. 자신이 제우스에게 미움받고 있다는 것을 아는 프로메테우스가 미리 몇몇 인간을 구했기 때문이다. 그 가운데 프티아의 왕 데우칼리온이 있었다. 데우칼리온은 프로메테우스의 아들이다. 프로메테우스는 자신의 아들만은 어떻게든 홍수에서 구하고 싶었다. 그는 잠자고 있는 데우칼리온 앞에 나타났다.

"아들아, 지금 잠자고 있을 때가 아니다. 어서 일어나라."

"아버지, 무슨 일로 오셨습니까?"

"머지않아 어마어마한 홍수가 일어날 것이다."

"홍수라고요?"

"제우스가 인간들을 없애기 위해 홍수를 일으킬 것이다. 너와 너의 가족들은 어떻게든 살아남아야 하지 않겠느냐?"

"어떻게 하면 살아남겠습니까?"

"커다란 방주를 만들어서 그 안에 너의 가족들이 타고 각종 동물들을 한 쌍씩 실어라. 물이 빠진 뒤 이 땅에 다시 종족을 퍼뜨릴 수 있도록 말이다."

"이렇게 날씨가 좋은데 홍수라니…… 믿을 수 없습니다. 아버지."

"내 말을 믿어야 한다. 신은 무엇이든 할 수 있는 존재다. 빨리 준비해라."

데우칼리온은 모든 일을 멈추고 커다란 배를 만들기 시작했다. 깊은 산속으로 들어가 삼나무와 전나무, 편백나무 등 아름드리나무를 닥치는 대로 도끼로 쓰러뜨렸다. 그러곤 가족들을 동원해 그 나무들로 커다란 방주를 만들기 시작했다. 방주는 항해할 목적의 배가 아니라 물에

띄우기 위한 목적의 배이기 때문에 상자 모양
이 될 수밖에 없다. 데우칼리온의 아내 피라는
부지런히 음식을 해 나르며 가족들이 배를 만
드는 것을 도왔다.★

데우칼리온은 다행스럽게도 홍수가 나기
전에 배를 만들어냈다. 배가 완성되자 뚜껑을
만들어 지붕을 덮었다. 그리고 배의 틈새로 물
이 새어들지 않도록 끈끈한 수액과 타르를 꼼
꼼히 발랐다. 방주가 온통 까만색으로 보일 정
도로 타르를 꼼꼼히 칠해 물이 새지 않도록
철저히 대비했다. 방주가 완성될 무렵, 먹구름
이 서서히 몰려오기 시작했다.

"서둘러라. 어서 짐승들을 집어넣어라."

사자와 호랑이, 양과 사슴, 여우와 늑대, 소
와 말, 닭과 오리 등 짐승들이 여기저기서 한
쌍씩 짝을 지어 방주로 다가왔다. 다른 신들이
방주로 가도록 동물들을 이끌어준 덕분에 동
물들은 알아서 방주로 들어가 자신들의 칸에
자리를 잡았다. 이 세상 모든 동물들이 제 발
로 찾아와 방주 안에 자리를 잡은 것이다. 동
물들은 위기를 직감했는지 방주 안에서 서로
싸우거나 잡아먹지 않았다. 그저 자신들의 자

여기서
잠깐!!

〈구약성서〉에는 노아의 방주로 유
명한 대홍수 이야기가 나와. 그 내용
은 제우스의 대홍수와 아주 흡사해.
그런데 고대 문명을 연구한 학자들
에 의하면 실제로 고대에 전 지구 차
원의 거대한 홍수가 발생했다고 해.
이는 다양한 신화나 전승, 고대 기록
에 언급되어 있는데 동서양은 물론
이고 남미의 잉카문명에도 남아 있
어. 여러 기록에 의하면 기원전 1만
년 전쯤 지각 변동이 일어나면서 모
든 문명이 사라졌다고 해. 과학자들
도 1만 1000년에서 1만 3000년 전
쯤 격변이 일어났을 것으로 추측하
고 있어. 간혹 툰드라 지역에서 매머
드가 발견됐다는 뉴스를 볼 수 있는
데, 바로 이때 사라진 동물의 흔적이
야. 이후 마지막 빙하기가 10만 년
이상 계속되다가 갑자기 끝나버리
고 지금의 기후가 정착된 거야. 홍수
의 원인으로 과학자들은 소행성이
지구와 충돌해서 마그마가 분출되
는 바람에 뜨거운 공기가 비를 오게
하고 대륙을 초토화했을 거라고 추
정하고 있어.

리에 얌전히 머물며 조용히 있을 뿐이었다. 데우칼리온과 피라, 그리고 그들의 아들딸들은 홍수가 계속되는 동안 이 동물들과 함께 먹고살 양식을 준비했다. 충분한 풀과 고기, 각종 음식들을 방주 안에 가득 넣었다. 하늘의 먹구름이 점점 짙어지기 시작했다. 데우칼리온과 아내와 자식들은 마지막으로 방주에 오른 뒤 방주의 뚜껑을 닫았다. 출입구를 닫고 방주가 완전히 밀봉되자 기다렸다는 듯이 비가 쏟아지고 폭풍우가 몰아치기 시작했다. 하지만 야트막한 언덕 위에 만들어놓은 방주는 끄떡없었다. 하루, 이틀, 사흘…… 보름이 지나자 마침내 방주 밑에 물이 차오르기 시작했다. 그 뒤로 또 일주일이 지나자 마침내 기우뚱하며 땅에 얹어놓았던 방주가 떠올랐다. 그 뒤로도 아흐레 동안 비가 퍼부었다.

폭풍우가 몰아치는 동안 방주는 이곳저곳 떠다녔다. 방주 안에는 사방에서 빗방울 떨어지는 소리만 울렸다. 모두들 두려움에 떨었다. 동물들도 조용히 숨죽이고 있었다. 그렇게 열흘이 지났다. 마침내 방주가 어딘가에 부딪히는 둔탁한 소리가 울렸다.

"산에 부딪힌 모양이군."

"그러게 말입니다."

"육지에 닿은 모양이다. 한번 나가보자."

데우칼리온은 제일 높은 곳에 있는 창문을 열었다.

"아……."

데우칼리온은 당황하고 실망했다. 사방에 온통 물뿐이었기 때문이다. 마치 바다 한가운데 던져진 것만 같았다. 방주가 걸린 곳은 머리를 살짝 드러낸 작은 봉우리였다.

"도대체 여기가 어디지? 알 수 없구나."

하지만 하늘을 보니 구름이 걷히기 시작하면서 햇빛이 쏟아지는 게 보였다. 비가 더 이상 올 것 같지 않았다.

"언제 다시 폭풍우가 올지 모른다. 어서 빨리 육지가 드러났는지 살펴보자."

데우칼리온은 방주에 있던 비둘기를 한 마리 날려 보냈다. 비둘기는 하늘 높이 날아올라 빙빙 돌더니 어딘가를 향해 날아갔다.

"비둘기는 집에 돌아올 줄 아는 새이니 곧 돌아올 거다. 물이 빠졌는지 안 빠졌는지 기다려보자."

한참 만에 비둘기가 돌아왔다. 그런데 입에 올리브 가지가 물려 있었다.

"앗, 나뭇가지를 물고 온 것을 보니 어딘가에 땅이 드러난 게로구나. 이제 방주에서 내려도 되겠다."

그들은 육지에 발을 디뎠다. 그사이에도 물은 빠르게 빠졌다. 순식간에 사람들이 살던 계곡과 들판이 드러났다.

프로메테우스는 자신의 자손들을 구해내 인간들이 다시 이 땅에 살 수 있게 해주었다. 덕분에 인간이라는 생명체는 영원히 사라지지 않게 되었다. 이 방주가 도착한 곳이 어디인지는 알 수 없다. 그리스라는 말도 있고, 이탈리아라는 말도 있다.

한편, 데우칼리온의 가족들은 다시 인간을 번성시켜야 했다. 그들이 기댈 곳은 헤라 여신뿐이었다.

"여보, 헤라 여신께 우리 가정을 지켜달라고 기도해야겠어요."

"옳은 말이오. 어서 빨리 기도를 올립시다."

"그런데 여보, 우리가 헤라 여신께 기도 올리는 것을 보고 제우스 신이 다시 벼락을 때리면 어떻게 하죠?"

"그러니까 헤라 여신께 기도를 드려야 하오. 아내를 두려워하지 않는 남편은 없는 법이거든. 헤라 여신의 마음을 돌리면 우리는 살 수 있을 거요."

그들은 정성을 다해 방주 안에 있는 제물을 바치며 헤라에게 기도를 올렸다.

"위대한 신들의 여왕이시여, 보십시오. 판도라의 상자가 열리고 악의 정령들이 나와 이 세상을 훑고 지나간 뒤 벌어진 일을 봐주십시오. 제발 제우스 신께 말씀드려주십시오. 우리를 살려달라고 제발 말씀드려주십시오. 그리고 하루빨리 물이 빠지도록 해주십시오. 그렇게만 된다면 우리는 감사하며 영원히 헤라 여신을 모시겠습니다."

그러자 하늘이 울리는 게 느껴졌다. 헤라가 그들의 기도를 받아들였다는 뜻이었다. 갑자기 땅이 흔들리더니 커다란 지진이 난 것처럼 땅이 갈라졌다. 그 틈으로 물이 빠져나가기 시작했다. 어마어마한 양의 물이 헤라가 갈라놓은 틈을 타고 원래 있던 바다로 돌아가기 시작한 것이다. 잠시 후 언제 그랬냐는 듯 물이 순식간에 빠져나가고 눈앞에 들판이 펼쳐졌다. 물론 물기가 가득한 들판은 온통 진흙에 덮여 있었지만, 사람이 살 수 있는 땅이 다시 나타난 거였다. 물이 다 빠지자 갈라졌던 틈은 다시 붙었다.

"아, 감사합니다. 헤라 여신이시여, 저희들의 기도를 들어주셔서 감사합니다."

    데우칼리온과 피라는 그 땅에 헤라를 위한 신전을 짓고 영원히 헤라를 기렸다.

13

민족의 탄생

　헤라에게 감사 기도를 올린 뒤 데우칼리온의 가족들은 동물들을 모두 세상으로 내보냈다. 동물들은 모두 제 살길을 찾아 뿔뿔이 흩어졌다. 짝을 지은 짐승들이 다시 이 세상을 가득 채울 게 분명했다. 문제는 사람이었다. 온 사방을 둘러봐도 홍수의 피해로 인한 잔재만 남아 있을 뿐, 사람은 눈을 씻고 봐도 찾을 수 없었다. 그 어디에도 생명체가 보이지 않았다. 부서진 집과 뿌리째 드러난 나무, 그리고 사람이 쓰던 농기구나 마차의 부서진 파편이 나뒹굴 뿐이었다. 여기저기서 굴러온 돌과 진흙, 바위로 멀쩡한 곳이 없었다. 데우칼리온의 가족들은 노새와 말에게 수레를 매고 짐을 실은 뒤 한없이 강가로 내려갔다. 이윽고 그들 앞에 강이 나타났다. 케피소스강이었다. 주변을 둘러보니 터전으로 삼을 만해 보였다. 데우칼리온이 말했다.

"일단 이곳에 자리를 잡자. 아무리 둘러봐도 살아남은 건 우리뿐인 것 같구나. 이렇게 살아남을 수 있었던 것도 제우스 신의 가호 덕분이니 감사를 드려야겠다."

그들은 제단을 꾸미고 얼마 남지 않은 식량으로 제사를 지냈다. 그들은 제우스에게 간절히 빌었다.

"제우스 신이시여, 이 땅은 너무나 황량합니다. 어떻게 살아야 할지 모르겠습니다. 저희를 살리셨으면 살아갈 방도도 알려주십시오."

보잘것없는 제물이지만 태우는 연기 하나 흐트러지지 않고 하늘로 똑바로 올라갔다. 제우스는 자신에게 바쳐진 소박한 제물을 보며 크게 감동받았다. 그는 헤르메스를 불렀다.

"헤르메스, 가서 저들의 소원을 들어줘라. 소원이 무엇인지 제대로 듣고 도와주도록 해라."

"알겠습니다."

헤르메스도 신이 났다. 인간들 사이에서 악과 부도덕이 판치는 모습을 눈 뜨고 보기 힘들었는데, 이제 착하고 선량한 인간들이 세상을 가득 채울 것이기 때문이었다. 한달음에 내려간 헤르메스는 데우칼리온에게 말했다.

"데우칼리온, 너의 기도를 제우스 신께서 받아들이셨다. 전능하신 제우스 신께서 감동하셔서 나를 보냈다."

"신이시여, 감사합니다."

"너희들이 원하는 것을 말하라. 내가 가서 제우스 신께 그대로 전달하겠다. 무엇이든 들어주실 것이다."

기쁜 소식을 전하는 헤르메스의 몸은 평소보다 더욱 빛이 났다. 데우칼리온과 피라는 의논할 필요도 없이 입을 모아 말했다.

"저희들끼리는 이 세상을 채울 수 없습니다. 사람이 필요합니다. 아기를 키울 사람, 또한 같이 농사지을 사람이 필요합니다. 이 땅을 사람들로 채워주십시오."

"너희들이 원하는 게 그것이냐? 다른 것은 없느냐?"

"사람만 있으면 됩니다. 사람은 무엇이든 해낼 수 있는 존재이기 때문입니다."

"알았다."

헤르메스는 너무나 간단한 그들의 소원을 들은 뒤 올림포스로 올라갔다. 이것이 인간의 위대함이다. 인간이 많아지면 그들 사이에서 문명이 만들어지고, 서로 협력하며 위대한 업적을 이뤄낸다는 것. 다시 말해, 인간과 인간은 친구가 되고 협동하면서 두 배, 세 배, 열 배, 백 배힘을 발휘한다. 제우스는 잠깐 고민했다. 또다시 인간이 퍼지면 악이 성행할까 두려웠기 때문이다. 하지만 이들은 새로운 존재였다. 제우스는망가진 땅에 새로운 인간들을 퍼뜨리고 싶었다. 자신이 만들어낸 인간이라면 좀 더 나을 거라는 생각도 들었다.

"좋다. 나의 화는 이미 다 풀렸다. 인간들은 더 이상 나의 화를 받아낼 필요가 없다. 죗값을 치렀기 때문이다."

헤르메스가 눈치 빠르게 물었다.

"그럼 이제 아무런 징벌도 내리지 않으실 겁니까?"

"더 이상 인간들에 대한 징벌은 없다. 신에 대한 벌이 남아 있을 뿐이지."

그 말에 헤르메스는 입을 다물었다. 제우스가 말하는 신이 누구인지 알 것 같았기 때문이다. 그건 바로 프로메테우스였다.

"그건 그렇고, 일단 인간들의 소원을 들어 줘야겠구나. 법의 여신 테미스*를 직접 보내라. 이번에는 법을 지키고 원칙을 지키는 인간들을 만들 것이다. 약속을 분명히 지켜야 한다는 것을 반드시 알려라."

그리하여 이번에는 테미스가 지상에 내려 갔다. 테미스가 지상에 내려온 것은 매우 드문 일이었다. 법의 여신 테미스가 나타나자 데우칼리온과 피라는 땅바닥에 엎드렸다. 처음 보는 신이었지만 그녀의 준엄한 표정을 보고 무언가 심각한 이야기를 하러 왔다는 것을 눈치 챘다.

"제우스 신의 심부름으로 너희들에게 왔다."

"말씀만 하십시오."

"제우스 신은 과거에 이 땅을 채웠던 인간

여기서 잠깐!!

테미스는 티탄족에 속하는 여신이야. 법의 여신으로 메티스의 뒤를 이어 두 번째로 제우스의 아내가 되었다는 이야기도 있어. 신화를 연구한 사람들은 테미스가 영원한 법의 상징으로, 정의나 법을 의인화한 신이라고 해. 대개 신탁이나 제의나 법은 테미스가 만들어낸 것으로 알려져 있어.

들에게 크게 실망하셨다. 그래서 너희들에게 나를 보내신 것이다. 약속을 지키고 법과 원칙을 지키는 인간들을 이 땅에 보내주겠다."

"좋습니다. 저희도 그런 사람들이 이 땅에 가득 차길 원합니다."

"너희들의 위대한 어머니의 뼈를 뒤로 던져라. 그러면서 앞으로 나아가면 이 땅은 사람들로 가득 찰 것이다."

수수께끼 같은 말을 남기고 테미스는 올림포스로 돌아갔다. 신들은 무엇이든 절대 직접적으로 알려주지 않는 법이다.

"어머니의 뼈를 던지라니 무슨 말이지? 어머니를 죽이라는 뜻인가?"

그들은 당황했다. 데우칼리온과 피라는 같은 어머니의 자식이 아니었기 때문이다. 그리고 그들의 어머니는 이미 돌아가셔서 그 유해가 어디로 떠내려갔는지 알 수 없었다. 데우칼리온은 고민했다.

'어머니…… 어머니라……. 우리 두 사람의 어머니라니 대체 누구를 말씀하시는 거지?'

데우칼리온은 신의 뜻을 알아내지 못하면 자기들끼리 이 황량한 곳에서 살다 죽어야 할지도 모른다는 생각에 고통스러웠다.

'아, 어떻게 해야 하지…….'

데우칼리온은 고민하다가 땅바닥에 무릎을 꿇고 하늘을 향해 절규했다.

"도대체 우리들의 어머니가 누구입니까?"

무릎을 꿇고 있는데 아래 있는 흙이 부슬부슬 움직이는 게 느껴졌다.

"앗!"

밑을 내려다보니 흙들이 부서지며 흘러가는 게 보였다.

"아, 이들의 어머니는 가이아 여신이지."

"어머, 여보, 그렇지요."

"가이아 여신은 대지의 어머니이고, 우리는 모두 대지로부터 나왔지. 대지에 어머니의 뼈를 던지라는 말씀은 바로 우리들의 어머니인 가이아 여신의 뼈, 즉 돌멩이를 던지라는 뜻일 거요."

"그럴듯하네요. 여보, 어디 한번 해봅시다."

그들은 당장 지천에 깔려 있는 둥근 돌, 모난 돌을 집어 등 뒤로 던졌다. 돌을 던지는데 뒤에서 놀라운 소리가 들렸다. 돌들이 쪼개지면서 그 안에서 사람들이 나오더니 점점 커지는 것 아닌가. 데우칼리온이 던지는 돌은 모두 다 남자가 됐고, 피라가 던지는 돌은 모두 다 여자가 됐다. 그들은 서로 손을 마주 잡고 환하게 웃고 있었다.

"여보, 돌에서 사람들이 나오고 있어요."

"그러게 말이오."

큰 돌을 던지면 장대한 사나이가 나왔고, 작은 돌을 던지면 어린아이들이 나왔다. 며칠 지나지 않아 대지는 온통 사람들로 가득 찼다. 알몸으로 태어난 그들은 순식간에 풀을 따서 부끄러운 곳을 가리고 서로 짝을 지어서 가정을 꾸린 뒤 사방으로 흩어졌다. 그리하여 인간은 새로운 세상을 채우며 다시금 지상 위에 만물의 영장으로 자리 잡았다.

우리가 알고 있는 모든 영웅은 바로 데우칼리온과 피라의 후손들로, 그 집안에서 나왔다. 그래서 이 시대를 영웅 시대라 부른다. 이때 태어난 인간들은 모두 프로메테우스의 피를 이어받았다. 인간을 사랑하고 인간을 위해 모든 것을 바친 프로메테우스의 계획은 바로 이것이었다.

그리스인은 모두 데우칼리온의 아들이자 프로메테우스의 손자인 헬렌의 자손들이다. 그리스인들은 바로 프로메테우스의 후손으로부터 가지를 쳐 내려온 것이다. 그리스인들을 헬레네인이라고 부르는 것은 바로 이 때문이다.

시간이 흐르자 데우칼리온의 왕위를 이어받아 헬렌이 나라를 다스렸다. 그에게는 아이올로스와 도로스, 그리고 크수토스라는 세 명의 아들이 있었는데, 이들은 각각 민족의 기원이 됐다. 아이올로스는 아이올리스인들의 시조가 됐고, 도로스는 도리스인의 시조가 되었다. 크수토스의 아들 이온과 아카이오스는 각각 이오니아인과 아카이아인의 시조가 되었다. 그렇게 하여 그리스는 다시 사람이 번성하는 아름다운 나라가 되었다.

하지만 제우스의 분노는 아직 해소되지 않았다. 이제 티탄인 프로메테우스를 처벌해야 했다. 이미 한번 불을 허락받았던 인간들이기에 새로 태어난 인간들 역시 불을 능수능란하게 다루었다. 그들에게서 불을 다시 빼앗아봤자 의미가 없었다. 제우스는 프로메테우스에게로 눈길을 돌렸다. 자신의 라이벌이자 자신의 뜻에 반항한 프로메테우스를 제대로 처벌하지 않는다면 언젠가 올림포스가 다시 혼란에 빠져 전쟁이 일어날 것이 뻔했기 때문이다.

한편, 마음의 각오를 다지고 있었지만 프로메테우스는 제우스가 무슨 생각을 하는지 알고 싶었다. 그는 제우스와 가까이 지내는 신들을 찾아가 물었다.

"제우스가 나를 증오하고 있지요?"

"그렇습니다. 당신이 인간들을 사랑하는 것처럼 나 역시 인간들을 사랑합니다. 그러니 말씀드릴게요. 당신 앞에는 무서운 운명이 기다리고 있습니다."

"어떤 운명인지 말해주실 수 있겠습니까?"

신들은 각자 자신이 내다본 미래를 말해주었다.

"당신은 쇠사슬에 묶여 고문당할 겁니다."

"그 정도는 견딜 수 있습니다."

또 다른 신이 말해주었다.

"심장에 못이 박힐 겁니다."

"그것도 각오했습니다."

"정말 괴로운 것은 아무도 도와주는 이 없이 당신 혼자 외롭게 영원히 살아야 한다는 겁니다."

그 모든 이야기들을 종합해보니 프로메테우스가 받아야 할 고통은 너무나도 끔찍했다. 아테나는 그런 그를 위로했다.

"당신이 감내해야 할 고통이 너무 끔찍하군요. 그것을 어찌할 수는 없습니다. 다만, 당신의 뜻이라도 지켜주고 싶습니다. 나에게 당신이 갖고 있는 기술을 모두 넘기세요. 내가 인간들에게 잘 가르쳐주겠습니다."

프로메테우스는 고마워했다.

"고마운 이야기군요. 아테나, 인간들을 사랑해주십시오. 내가 비록 더 이상 인간들을 돕지 못하게 되더라도 당신이 인간들을 돌봐준다면 안심될 것 같습니다. 시간이 되는 대로 그대에게 나의 모든 것을 전수하겠습니다."

프로메테우스는 시간이 날 때마다 아테나에게 자신이 알고 있는 모든 것을 가르쳐주었다.

"인간을 사랑하는 당신이라면 이 기술들을 잘 전해주겠지요."

아테나는 감동했다.

"걱정하지 마세요. 당신이 물려준 이 기술을 인간들에게 남김없이 전하겠습니다."

프로메테우스는 비로소 마음의 평안을 얻었다.

"아, 이제 제우스가 나에게 벌을 내려도 달게 받을 수 있을 것 같습니다. 나는 모든 것을 다 했습니다. 모든 것을 다 내려놓겠습니다. 저 아래를 보십시오. 나의 후손들과 인간들이 얼마나 화목하게, 다정하게, 열심히 살고 있는지……. 인간들은 서로 친구가 되어 놀라운 기적을 만들어내고 있습니다. 그것이야말로 인간들의 능력이지요."

기름진 땅에서 농사짓는 인간들을 보며 프로메테우스는 눈물을 흘렸다. 그의 마음은 이미 행복으로 가득 차 있었다.

"나는 이제 처벌받을 준비가 되었습니다. 제우스가 부르면 언제든지 가서 달게 대가를 치를 겁니다."

신들은 모두 숙연해졌다. 그러면서 각자 자기가 맡은 임무에 따라 인간들을 돕는 방향으로 움직이겠다고 각오를 다졌다. 이 모든 것은 존경받는 신 프로메테우스의 선한 영향력 덕분이었다.

14

벌 받는 프로메테우스

"헤파이스토스, 신조차 끊을 수 없는 강력한 쇠사슬을 만들어라!"

제우스의 명령에 따라 헤파이스토스는 며칠 동안 땀을 흘리며 신조차 끊을 수 없는 강력한 쇠사슬을 만들었다. 그것을 들고 올림포스산으로 올라가자 제우스는 말했다.

"헤파이스토스, 수고했다."

"위대한 제우스 신이시여, 이 쇠사슬을 어디에 쓰시려는 겁니까?"

"이 쇠사슬은 바로 프로메테우스, 저자에게 쓸 것이다."

프로메테우스는 올 것이 왔다는 표정으로 제우스를 바라봤다.

"너는 지금 당장 가슴에 못이 박힌 채 생명이라고는 하나도 없는 땅의 바위에 영원히 묶여 있게 될 것이다. 당장 시행하라."

그 누구도 제우스의 명령을 거역할 수 없었다. 여기서 살려달라고 버둥대며 매달릴 순 없는 노릇이었다. 프로메테우스는 냉정한 표정으로 그 자리에서 돌아섰다.

"헤파이스토스, 쇠사슬을 들고 나를 따라오게. 신들의 왕인 제우스의 명령 아닌가?"

다른 신들은 모두 당황하며 그 모습을 지켜봤다. 그들은 순식간에 날아가 땅끝에 있는 커다란 바위산 앞에 다다랐다.

"자, 이곳이 적당하겠군."

프로메테우스는 바위 위로 기어 올라갔다. 그는 제우스가 자신에게 잔인한 형벌을 내리리라는 것을 이미 알고 있었다. 운명의 여신이 귀띔해 주었기 때문이다. 제우스의 명에 따라 햇볕이 내리쬐는 커다란 암벽 위에 선 프로메테우스는 헤파이스토스에게 말했다.

"자, 어서 나를 묶게!"

헤파이스토스는 마음이 아팠다. 하지만 제우스의 명을 거역할 순 없었다. 헤파이스토스는 들고 간 연장으로 프로메테우스의 손목과 발목에 족쇄를 채웠다. 그러고는 바위에 못을 박아 쇠사슬을 연결했다.

제우스는 혹시나 싶어 자신의 못된 심부름꾼인 비아를 내려보냈다. 비아는 폭력을 상징하는 신이다.

"에헴! 제우스 신의 명령을 받고 왔다!"

그는 쌤통이라는 표정으로 족쇄 끝을 단단히 당겨 프로메테우스가 꼼짝달싹하지 못하게 했다. 사실 헤파이스토스는 프로메테우스와 친한 사이였다. 헤파이스토스는 그가 이렇게 가혹한 벌을 받아서는 안 된다고 생각했다.

"여보게, 친구. 자네가 무슨 잘못을 했다고 이런 벌을 받는단 말인가."

"이제 와서 그걸 따지면 무엇 하겠나? 나는 이 카프카스산맥에 영원히 묶여 있을 텐데."

거인 티탄인 프로메테우스는 카프카스산맥의 가장 높은 봉우리에 오른쪽 다리가 묶였다. 곧이어 왼쪽 다리도 쇠사슬로 묶였다. 비아는 아주 통쾌하다는 표정이었다.

"자, 이제 너는 꼼짝도 할 수 없게 묶였다. 이곳에서 몰아치는 비바람과 뜨겁게 내리쬐는 햇볕을 받다 보면 온몸에서 열이 날 거야. 제우스 님의 명령을 거역하는 자는 아무도 무사할 수 없어. 제우스 님의 명을 어기면 어떻게 되는지 네가 바로 본보기가 될 거야. 으하하하!"

비아가 빈정거리는 동안 헤파이스토스는 땀을 흘리며 자신의 일을 했다. 그러다가 몰래 쇠사슬을 헐겁게 해주려는데 비아가 옆에서 외쳤다.

"그렇게 헐렁헐렁하면 자세를 바꾸거나 움직일 수 있잖아. 조금도 틈이 있어선 안 돼! 절대 풀려나지 않게 꽁꽁 묶으라고! 이게 제우스 님의 명령이야."

제우스는 그런 명령을 한 적 없었다. 하지만 비아는 폭력의 신답게 고통을 주면서 즐거워했다.

"이 정도 가지고는 안 돼. 좀 더 단단히 묶어놓으라고. 저자는 죽지 않는 불멸의 존재이니 영원히 고통을 받겠지. 아하하하!"

헤파이스토스는 오히려 비아야말로 벌을 받아야 된다고 생각했지만 아무 말도 할 수 없었다. 다만 혼자 중얼거릴 뿐이었다.

"불쌍한 프로메테우스. 정말 내 마음이 갈기갈기 찢어지는 것 같구나. 내가 자네를 왜 이렇게 묶어야 하지? 인간을 도와준 게 이렇게 큰 죄란 말인가?"

비아가 듣고 있다가 소리쳤다.

"죄인에게 자꾸 동정하는 말을 하면 제우스 님께 이를 거야."

"고약하게 생긴 자가 마음씨도 고약하군. 마음대로 하게."

"제우스 님의 말을 거스른 자는 벌을 받아야 해."

"아무리 신들의 왕이라지만 잘못된 판단까지 무조건 따라야 하는 것은 아니지."

헤파이스토스가 퉁명스럽게 내뱉었다.

"그래? 그런데 그렇게 제멋대로 굴다가는 벌을 받게 될 텐데? 헤파이스토스, 너도 벌을 받아야 정신을 차릴 거야?"

비아가 비웃으며 핀잔을 주었다. 헤파이스토스는 고개를 절레절레 저었다.

"신들 가운데 가장 자유롭고 선한 영혼을 가진 신이 바로 여기에 묶여 있는 프로메테우스다. 그가 지금은 비록 쇠사슬에 묶여 있지만 그의 마음과 영혼은 그 누구보다 자유로울 것이다."

"말도 안 되는 소리하지 마. 프로메테우스는 도둑일 뿐이야. 우리 신들만 갖고 있어야 하는 불을 훔쳐다가 인간에게 줘버렸잖아. 어디 그뿐이야? 제우스 님께서 내리는 명령을 사사건건 거부했지. 그런 자를 내버려두면 신들의 질서가 무너지고 말 거야. 뭐 하고 있어? 빨리 단단히 고정해."

헤파이스토스는 어차피 해야 되는 일이라면 빨리 끝내고 싶었다.

"친구, 미안하네. 용서하게."

헤파이스토스는 프로메테우스가 암벽에 큰 대(大) 자로 묶이도록 재빨리 쇠사슬을 고정시켰다. 이제 커다란 못 하나만 남았다. 그 못은 바로 프로메테우스의 가슴에 박아 바위에 고정시키기 위해 가져온 것이었다.

"어서 못을 박아 넣어! 명령을 따르지 않으면 너도 저 꼴이 될 거야."

비아의 채근이 계속됐다. 헤파이스토스는 기분이 상했다. 자신으로 말할 것 같으면 신들까지도 와서 무기와 각종 공예품을 만들어달라고 부탁하는 신이 아닌가. 감히 비아 따위가 이래라저래라 할 일이 아니었다.

"폭력을 일삼는 네가 어찌 감히 나같이 온갖 물건을 만드는 예술가에게 명령을 한단 말이냐?"

"내가 명령하는 게 아니야. 제우스 님의 명령을 전달하는 것뿐이라고."

헤파이스토스는 한숨을 내쉬었다. 어쩔 수 없었다. 아버지 제우스의 뜻을 거역할 순 없었다. 한참 묵묵히 서 있던 헤파이스토스는 못을 들어 프로메테우스의 가슴에 댔다.

"친구, 미안하지만 어쩔 수 없네."

"괜찮아. 자네 할 일을 하게. 자, 어서 박아."

프로메테우스는 그런 헤파이스토스의 마음을 편안하게 해주었다. 돌이킬 수 없는 일이었다. 받아들일 수밖에 없었다.

"내가 아무런 고통도 못 느낀다고 생각하고 박아 넣게."

"지금부터 하려는 일이 내 뜻이 아니라는 것은 자네도 잘 알 거야. 미안하네, 친구. 나를 용서하게."

헤파이스토스는 프로메테우스의 가슴 옴팍한 곳에 날카로운 못을 댄 뒤 눈을 질끈 감고 있는 힘껏 망치를 내리쳤다. 고통을 줄 수밖에 없다면 최대한 짧게 끝내주고 싶었기 때문이다.

"윽!"

프로메테우스가 고통으로 신음하는 소리를 들으며 헤파이스토스는 몇 번 더 망치질해서 못이 가슴을 관통해 바위에 박히게 했다. 프로메테우스의 온몸에 끔찍한 고통이 퍼져 나갔다. 하지만 프로메테우스는 참고 견뎌야만 했다. 사지를 큰 대 자로 펼친 채 프로메테우스는 꼼짝도 하지 못하게 됐다.

"꼴 좋다. 감히 제우스 님의 명령을 어기더니 고통의 맛이 어떠냐?"

비아는 잔인하게 웃어댔다.

"나는 폭력을 좋아하지만 너처럼 도둑질은 하지 않는다. 신의 물건을 훔쳤다면 신들끼리 나눠 가져야지 인간에게 줄 필요는 없다고 봐. 어떤 인간도 너에게 와서 이 쇠사슬을 풀어주지 못하고 있잖아?"

그러나 프로메테우스는 미래를 알고 있었다. 아주 먼 훗날, 인간 중에 영웅이 와서 자신을 구해주리라는 것을. 지금 그런 얘기를 해봐야 미래를 내다보지 못하는 비아가 알아들을 리 없었다. 모든 일이 끝나자 비아가 말했다.

"자, 어서 가자. 제우스 님께 임무를 완수했다고 보고해야 돼."

그들은 서둘러 산을 내려갔다. 태양이 강하게 내리쬐어 프로메테우스의 온몸은 타버릴 것처럼 뜨거워졌다. 비아와 헤파이스토스는 올림포스로 향했다. 산을 내려가던 헤파이스토스가 고개를 돌려 프로메테우스를 바라봤다. 프로메테우스는 고통 속에서도 고개를 끄덕였다.

"흑흑! 정말 미안하네. 이렇게 가는 나를 부디 용서해주게."

헤파이스토스는 난생처음 눈물을 흘렸다. 좋은 일을 하고도 벌을 받는 신의 운명이 남의 일 같지 않았기 때문이다.

그들이 떠나자 깊은 산 바위벽에는 마침내 프로메테우스 혼자 남았다. 프로메테우스는 자신의 삶을 돌이켜봤다. 신성한 불을 훔쳐서 인간에게 갖다 준 것은 후회되지 않았다. 이러한 벌을 받으리라는 것도 알고 있었다.

"그래. 나는 나의 운명을 받아들이겠어. 언제까지고 이 고통을 참으며 견디겠어."

프로메테우스는 더 이상 아무 말도 하지 않고 움직이지도 않았다. 아무리 고통스러워도 불멸의 존재이기에 그는 죽을 수조차 없었다. 그때 어디선가 소리가 나기 시작했다. 바람 부는 소리 같기도 하고 옷자락 스치는 소리 같기도 했다.

'무슨 소리지?'

프로메테우스는 가물가물해지는 의식을 부여잡으며 누가 자신을 향해 다가오는지 바라봤다.

15

카프카스의 방문자들

　프로메테우스를 쇠사슬로 묶은 뒤 바위에 고정하기 위해 커다란 못을 때려 박는 소리가 온 세상에 울려 퍼졌다. 그 소리는 신들이 들어본 소리 중 가장 끔찍한 소리였다. 물의 요정 오케아니데스도 그 소리를 들었다.

　"어머, 정말 끔찍한 소리야."

　"프로메테우스 님이 고통받고 계셔."

　오케아니데스는 각자 자신들이 관장하는 물에서 빠져나와 프로메테우스를 향해 몰려왔다. 우물, 샘, 개천, 강물, 호수, 바다 등이 바로 그들이 사는 곳이었다. 그들의 아버지는 오케아노스였다. 오케아노스가 낳은 3000명의 딸인 오케아니데스는 땅 위에 있는 강과 개천 등 물이 깃든 곳을 모두 관장하고 있었다. 그 모든 요정들이 프로메테우스를 향해 달려왔다. 그들은 아버지의 심부름으로 찾아온 것이었다. 그들은 바위 벽에 못 박혀 있는 프로메테우스를 보자 모두 경악했다.

"어머! 어쩜 이럴 수가……. 끔찍해라."

다들 충격을 받아 정신을 못 차리고 있는데, 첫째 딸이 말했다.

"프로메테우스 님, 저희 아버지가 먼저 가보라고 해서 왔습니다. 아버지와 프로메테우스 님은 친구이시잖아요."

"그렇지. 어려울 때 친구가 진정한 친구라더니 너희들을 나에게 보냈구나. 하지만 너희들이 나에게 해줄 수 있는 것은 아무것도 없단다."

"아버지는 저희에게 안부를 전하고 프로메테우스 님의 고통을 덜어드릴 방법을 찾아보라고 하셨어요. 그런데 너무도 참혹한 모습이십니다."

아름다운 요정들이 눈물을 흘리며 진심으로 걱정하는 모습을 보고 프로메테우스는 고통이 온몸을 휘감고 있는 가운데도 애써 미소를 지었다.

"오, 나의 진실한 친구여, 그의 사랑스러운 딸들이여, 너희들은 모든 고통받는 자들을 위로하고 있구나. 나 역시 큰 위로를 받았다. 이것만은 알아다오. 나를 이렇게 묶어놓은 자는 바로 제우스다."

"알고 있어요. 프로메테우스 님을 이렇게 묶어놓을 수 있는 분은 제우스 신밖에 없지요. 하지만 프로메테우스 님이 대체 무슨 죄를 지었단 말인가요? 그저 인간들을 도와주셨을 뿐인데요. 게다가 인간들이 신에게 해를 끼치기라도 했답니까? 신들은 그들 위에 군림하고 있고, 그들은 그저 신을 모실 뿐이잖아요. 필요한 자들에게 필요한 선물을 줬다는 이유로 이렇게 벌을 받아야 한다면 제우스 신이 다스리는 세상은 선의와 나눔과 베풂이 없는 세상이 될 겁니다. 이렇게 가혹한 벌을 내리다니…… 혹시 제우스 신께 다른 잘못을 저지르신 건 아닌가요?"

"아니란다. 오히려 나는 그를 도왔지. 그가 인류를 멸망시키려고 할 때 그가 돌이킬 수 없는 실수를 저지르지 않도록 막아줬어. 제우스는 인간에게 불을 전해준 것이 나의 가장 큰 죄라고 생각해."

"불이라는 것은 한번 붙으면 계속 퍼져 나가는 거잖아요. 훔쳐 간다고 해서 없어지는 것도 아닌데……."

"그렇지. 그런데도 제우스는 나에게 분노했어. 내가 인간들에게 온갖 혜택과 기술과 예술과 지혜와 지식을 전해준 것이 다 잘못되었다고 생각하는 거지. 나는 다만 인간들에게 집 짓는 법을 알려주고 불을 가져다줘 따뜻하게 지낼 수 있도록 해준 것뿐인데 말이야."

"진짜로 못된 짓을 하는 신들이 얼마나 많은데 프로메테우스 님이 이렇게 여기에 묶여 있단 말입니까? 이건 정말 말도 안 돼요."

요정들은 모두 슬퍼하며 눈물을 흘렸다. 프로메테우스는 요정들에게 이렇게 하소연해봐야 달라지는 건 아무것도 없다는 생각에 입을 다물었다. 그때 구름 저편에서 하얀 빛이 피어오르는 게 보였다. 딸들을 먼저 보낸 오케아노스가 직접 마차를 끌고 달려온 것이다. 그 마차를 끄는 것은 페가수스였다. 오케아노스는 우라노스와 대지의 여신 가이아 사이에서 태어난 신이다.

"친구여, 내가 그대를 위해 달려왔네. 그대를 도와주러 왔어."

오케아노스는 세상 끝에서 이곳까지 날아왔다. 깨끗하고 순결한 신인 오케아노스는 올림포스에서 최대한 멀리 떨어진 곳에 살고 있었다. 부정과 부패, 화와 증오, 분노가 가득한 곳에서 멀어지고 싶었기 때문이다. 오케아노스를 본 프로메테우스는 잔잔한 미소를 지었다. 그렇게 많은 신들이 자신과의 친분을 자랑했으면서도 정작 자신이 이곳에 못 박히는 처벌을 받자 누구 하나 그를 찾아오지 않았다. 오직 오케아노스만이 친구의 불행에 앞뒤 가릴 것 없이 달려온 것이다. 속세를 떠나 은거하던 그가 이곳까지 직접 찾아온 것은 실로 대단한 일이었다. 프로메테우스가 그만큼 중요한 친구임을 보여주는 것이나 다름없었다. 가까이 다가온 오케아노스는 프로메테우스가 커다란 못에 박힌 채 바위에 매달려 있는 것을 봤다.

"아, 이럴 수가……. 자네가 왜 이렇게 험한 일을 당해야 한단 말인가? 상을 받아도 시원치 않을 텐데."

"이보게, 친구. 선한 일을 한 대가가 이런 것이라네. 운명이라는 것은 참 얄궂지."

"자네와 나는 전쟁 때 제우스를 돕지 않았던가. 그랬는데 자네를 이렇게 대한다고? 당장 제우스를 찾아가 항의하겠네."

그러자 프로메테우스가 말했다.

"그럴 필요 없네. 자네는 제우스와도 친구로, 결코 가볍게 행동할 수 없는 권위 있는 신이지 않나. 그렇기 때문에 더더욱 가면 안 되네."

"그게 무슨 상관인가?"

"자네 역시 제우스의 노여움을 살까 봐 두려워. 그는 지금 나에게 단단히 화가 나 있어. 다른 신들은 그 누구도 나를 찾아오지 않는 것만 봐도 알 수 있지 않나? 그런데 자네가 가서 나를 감싸고돈다면 그 분노가 자네에게 옮겨 갈 거야. 잘못하면 늙은 자네도 가슴에 못이 박힌 채 내 옆에 쇠사슬로 묶여 있을지도 모른단 말일세."

"그러면 어떤가. 고통을 같이하는 우정이야말로 최고의 우정 아닌가?"

페가수스의 머리를 돌려 당장이라도 올림포스로 가려는 오케아노스를 보고 프로메테우스는 간절히 외쳤다.

"이보게, 친구. 제발 나를 봐서라도 그러지 말아주게. 자네까지 고통받는 것을 원치 않아. 그리고 자네가 제우스에게 쫓아간다고 해도 그의 마음은 바뀌지 않을 거야. 그의 아내인 헤라조차 한마디도 못 하고 있다네. 그리고 대체 내가 무엇을 잘못했기에 맑고 깨끗한 자네가 제우스에게 애걸복걸한단 말인가. 차라리 이곳에 못 박힌 채 수천수만 년 있는 게 나의 자존심을 지키는 길일세."

"하지만 친구, 자네의 이런 모습을 보는 내 마음이 편치 않아."

"마음 쓰지 말게. 어서 이곳을 떠나시게. 나는 자네가 와준 것만으로도 위로가 된다네."

오케아노스는 너무나 마음이 아팠다. 프로메테우스의 허락을 받은 뒤 제우스를 만나 그를 구명해주고 싶었지만, 자존심 강한 그가 허락할 리 없었다. 프로메테우스는 옹고집이었기 때문이다. 이런저런 위로의 말을 건네던 오케아노스는 어쩔 수 없이 마차에 올랐다. 그는 딸들에게 말했다.

"사랑하는 딸들아, 너희들은 외로운 프로메테우스 곁에서 절대로 떠나지 말아라."

"예, 아버지. 저희들은 절대로 떠나지 않고 프로메테우스 님의 말동무가 되어드리겠습니다."

요정들은 아버지의 분부에 따르겠다고 맹세했다.

"프로메테우스, 나는 떠날 수밖에 없군. 하지만 내 딸들이 그대 곁에 있어줄 거네. 부디 잘 있게나, 친구. 자네 뜻이 단호하니 나도 어쩔 수 없군."

"고맙네, 친구. 잘 가게."

"이럇!"

채찍을 휘두르자 페가수스는 하늘을 향해 날갯짓하며 그대로 날아올랐다. 오케아노스는 순식간에 구름 속으로 사라져버렸다. 오케아니데스는 슬픔을 억누를 수 없었다.

"프로메테우스 님, 당신을 구해드릴 수 없다니 저희들은 너무나 고통스럽습니다. 인간들도 분명히 당신을 위해 눈물을 흘리고 있을 거예요. 인간들이 은혜를 아는 존재라면 마땅히 그럴 겁니다."

"괜찮다. 나만 고통받는 게 아니란다. 땅끝에서 나의 형제 아틀라스도 인간들을 위해 하늘을 떠받치고 있어. 그가 하늘을 내려놓으면 땅이 맞붙어 인간들은 모두 죽을 수밖에 없지. 인간이 살아 있는 것은 그가 버텨주고 있기 때문이란다."

"그분의 고통을 가볍게 여기는 것은 아니나, 그분의 고통을 어찌 프로메테우스 님과 비교할 수 있겠습니까. 당신처럼 잔인한 형벌을 받은 자는 그 누구도 없습니다."

프로메테우스는 고통을 이겨내기 위해 눈을 지그시 감았다. 그와 제우스가 어떤 관계였는지 과거의 기억이 눈앞을 스쳐 지나갔다. 그들 둘은 뜻을 같이하는 가장 친한 친구였다. 그들은 만나기만 하면 티탄 크로노스를 무찌르기 위해 어떻게 싸워야 할지, 어떻게 신들을 모아서 대응할지 생각했다. 크로노스가 이 세상에 모든 좋지 않은 것들을 끌어들일 때도 그들은 똘똘 뭉쳤다. 광기와 질병, 증오와 시기, 질투와 배고픔, 질병을 온 세상에 퍼뜨릴 때 고통받는 인간들을 보며 제우스와 프로메테우스는 크로노스를 반드시 무찌르자고 다짐했다. 그 결과, 올림포스의 신족은 물론 가이아의 자식인 키클롭스와 헤카톤케이레스, 티탄인 오케아노스와 스틱스 등이 제우스를 도왔던 것이다.

제우스가 이 같은 세력을 구축하는 데는 명망 높은 프로메테우스의 공이 컸다. 오케아노스나 대지의 여신인 가이아, 그리고 천둥 다루는 방법을 제우스에게 알려준 키클롭스★ 등은 프로메테우스 때문에 제우스 진영에 가담했다. 이런 이들과 함께 10년간이나 싸운 끝에 제우스는 마침내 권좌에 올랐다. 그렇게 전쟁이 끝나자 다른 신들은 여유를 즐기며 살았지만 프로메테우스는 평화로운 신들과 달리 비참한 처지의 인간들을 돕느라 더욱 바쁘게 지냈다. 그로 인해 큰 노여움을 사게 된 것이다.

프로메테우스는 제우스의 변덕을 이해할 수 없었다. 인간들을 위해 좋은 세상을 만들자고 했던 그가 권력을 잡자마자 한순간에 태도가 달라져서는 인간들에게 불을 나누어주고 갖은 혜택을 주었다는 이유로 자신을 핍박한 것이다.

"프로메테우스 님은 왜 미운털이 박히신 걸까요? 불 때문만은 아닐 것 같아요."

요정들이 물었다. 프로메테우스는 고개를 끄덕였다.

"맞다. 산더미 같은 짐을 지고 가는 황소의 척추 뼈를 부러뜨리는 것은 그 짐이 아니라 짐에 떨어지는 낙엽 하나지. 제우스는 오랜 세월 나에 대한 시기와 질투, 분노를 쌓아 왔던 게 틀림없다. 이번에 인간들에게 불을 전해준 사건을 계기로 분노가 폭발한 거지. 인간들이 제단에 어떤 고기를 올려야 할지 정해달라고 했을 때 내가 먹음직한 고기는 인간에게 주고 뼈와 기름만 바치도록 한 데 앙심을 품은 것 같구나. 하지만 인간들은 먹을 것이 부족하지 않느냐? 신들은 암브로시아와 넥타르를 배부르게 먹고 인간들이 올리는 제물은 태운 뒤 그 연기를 맡을 뿐이다. 이왕이면 인간들이 좋은 것을 먹어야 신들에게 계속 좋은 것을 바치지 않겠느냐? 그런 생각에서 내린 판단이다. 제우스는 인간들이 굶어 죽든 말든 좋은 것은 모조리 신들의 차지라고 생각했지. 그러다 내 꾀에 속아 손해를 봤다고 생각해서

여기서 잠깐!!

키클롭스는 《그리스 로마 신화》에 자주 등장하는 존재야. 가장 먼저 등장하는 키클롭스는 우라노스와 가이아의 아들인 키클롭스 삼 형제야. 이들은 천둥과 벼락과 번개를 상징하지. 이들은 손재주가 좋아서 이것저것 만드는 것을 즐겼어. 하데스의 쓰면 투명해지는 투구, 포세이돈의 삼지창은 바로 이들이 만들어서 선물한 거야. 이들은 이후에도 헤파이스토스와 함께 많은 것들을 만들어 냈어. 또 다른 키클롭스는 오디세우스 이야기에 나와. 시켈리아섬 바닷가에 살던 식인 거인족으로 양을 치면서 동굴에 살았어. 이들은 처음 맛본 포도주에 흠뻑 빠진 나머지 오디세우스에게 속아 호되게 당했어. 세 번째 키클롭스는 인간을 도와 신전이나 탑같이 거대한 건축물을 만드는 데 도움을 준 존재들이야. 도시를 세울 때도 적극적으로 도와주었지.

나를 미워하게 된 게 틀림없다."

그 이후 벌어진 일은 누구나 잘 알 것이다. 흙으로 만든 판도라를 내려보내 온 세상에 재앙을 퍼뜨리고, 홍수를 일으켜 인간을 쓸어버렸다. 프로메테우스는 그러한 제우스의 횡포에 굴하지 않고 인간들이 다시 세상에 가득 차게 도와준 고마운 신이다. 그러면서도 프로메테우스는 자신을 위해서는 그 무엇도 하지 않았다. 인간이 행복하고 인간이 잘되는 것만을 소원했을 뿐이다. 아무리 그렇다 해도 이토록 가혹한 형벌을 담담히 받아들이는 데는 이유가 있을 것 같았다. 눈치 빠른 오케아니스★가 물었다.

"제우스 님이 영원히 이 세상을 다스리실까요? 그럴 운명인가요?"

날카로운 질문이었다. 프로메테우스는 고개를 저었다.

"운명의 여신인 모이라이가 뭐라고 썼는지 너희들은 모르느냐? 나는 미래가 보이는구나."

"정말이세요? 제우스 님의 운명은 어떤가요? 운명의 여신이 뭐라고 적었나요?"

"나는 봤지만 말할 수 없다. 지금은 때가 아니기 때문이다. 다만 지금처럼 제우스가 계속 부당한 일들을 벌인다면 그가 운명에서 벗어나긴 어려울 것이다. 그가 언젠가는 정신 차리기를 바랄 뿐이다."

오케아니스는 슬퍼하며 말했다.

"아, 제우스 님의 운명에도 한계가 있나 보군요. 그게 정말이라면 빨리 그날이 왔으면 좋겠어요. 그러면 이 사슬도 끊어져 프로메테우스 님이 이곳에서 풀려나실 테니까요."

"걱정하지 마라. 나는 이 사슬에 영원히 묶여 있을 운명이 아니다. 제우스 역시 머지않아 잊힐 것이다. 그때가 되면 인간들은 더 이상 제우스를 위해 제사를 지내지 않을 것이다. 아니, 모든 신들이 이야기 속에나 남아 있는 존재가 될 것이다. 신들은 그저 재미있는 이야깃거리로 전락해서 많은 글쟁이들이 우리들의 이야기를 재미있다고 제멋대로 떠벌리게 될 것이다."

"아, 너무나 슬프군요."

"그것이 우리 신들의 운명이다. 인간들이 우리 신들보다 더 강해지는 날이 반드시 올 것이다."

프로메테우스는 또한 위대한 영웅이 와서 자신을 구원하리라는 것을 알고 있었다. 그 영웅이 올 날이 머지않았다는 것도.

"어쨌든 나는 풀려날 테니 너무 걱정하지 마라."

"그러면 언제 누가 풀어준단 말입니까? 그가 어디쯤 오고 있습니까?"

"그는 아직 태어나지도 않았다. 그가 올 때까지 이 고통은 나의 삶이고 나의 운명이겠지.

여기서 잠깐!!

《그리스 로마 신화》를 읽다 보면 우리말과 다른 복수 표현 때문에 헷갈릴 수 있는 게 몇 개 있어. 바다의 신 오케아노스의 딸인 3000명의 요정들을 하나하나 부를 때는 '오케아니스'라 하지만 이들을 모두 칭할 때는 '오케아니데스'라고 한단다. 이 밖에 단수형과 복수형이 다른 단어로 '기가스'와 '기간테스', '네레이스'와 '네레이데스', '드리아스'와 '드리아데스', '나이아스'와 '나이아데스' 등이 있어.

나는 즐겁게 기다릴 것이다."

그때였다. 저 멀리서 대지를 울리며 하얀 물체 하나가 달려왔다.

"저기에 또 손님이 오는구나."

오케아니데스는 모두 고개를 돌려 바라봤다. 하얀 점이 점점 커지더니 흰 소로 변했다.

"아, 불행한 이오 공주로군."

"흰 소를 보고 왜 공주라고 하십니까?"

"헤라의 미움을 받아 흰 소로 변한 공주란다. 저 소를 괴롭히려고 헤라가 보낸 등에가 뒤를 쫓고 있구나."

흰 소로 변한 이오는 고통을 호소하며 울부짖고 있었다. 하얗고 매끄러운 등가죽이 등에게 쏘여 온통 구멍투성이인데, 구멍에서 계속 피가 흘러내리고 있었다. 이오는 두려움에 휩싸인 채 계속 끔찍한 비명을 질러댔다. 아름다운 이오는 아무 잘못도 없이 단지 제우스가 그녀에게 눈길을 주었다는 이유로 헤라의 질투를 받아 이곳까지 쫓겨온 거였다. 신으로서 가장 고통받은 자가 프로메테우스라면 인간으로서 신의 미움을 받아 가장 고통받은 자는 이오였다. 제우스와 헤라 두 부부가 각기 가장 미워하는 존재들이 만나게 된 것이다.

세상을 반이나 돌아 이곳에 다다른 이오는 바위에 매달려 있는 프로메테우스를 보고는 멈춰 섰다. 기회는 이때라는 듯 등에가 다시 이오의 몸에 독침을 꽂고 피를 빨기 시작했다. 자신보다 더 큰 고통을 담담히 감수하고 있는 프로메테우스를 본 이오가 물었다.

"아, 당신은 무슨 죄를 저질러서 그렇게 고통받고 있습니까? 아니,

죄를 저지르지 않았을 수도 있군요. 나 역시 아무 죄 없이 소가 되어서 이렇게 고통받고 있으니까요."

"이나코스의 딸 이오여, 참으로 측은하구나. 어서 오거라."

"저를 아십니까?"

이오는 프로메테우스가 자신을 알고 있다는 사실에 놀랐다.

"나는 바로 인간들에게 불을 전해준 프로메테우스다. 나는 모든 인간의 운명을 알고 있지."

"아, 프로메테우스 신이시군요. 당신 덕분에 우리 인간들이 얼마나 윤택하고 행복한 삶을 누리고 있는지 모르실 겁니다. 그 모든 게 당신의 선물이지요. 그나저나 위대하신 신께서는 무슨 일이 있었기에 이런 모습이십니까?"

"너와 나는 어찌하여 이렇게 신세가 비슷하단 말이냐. 너는 헤라에게 미움을 받았구나. 나는 제우스에게 미움을 받았단다."

"아, 우리는 교묘하게 통하는 것이 있군요. 그들 부부 때문에 둘 다 끔찍한 고통을 겪고 있으니까요. 저는 왜 이런 고통을 겪어야 하는지 도무지 모르겠습니다."

이오는 자신의 처지 못지않게 프로메테우스가 측은했다. 프로메테우스와 이오가 서로에게 느끼는 감정은 동병상련이었다.

"보아라, 이오야. 너는 뛰어다닐 수 있지 않느냐. 나는 이곳에서 움직이지도 못한 채 계속 고통받아야 한다. 그저 참고 견딜 뿐이지. 인내심을 가진 자만이 고통을 이겨낼 수 있다는 것을 기억해라."

"아, 저는 당신 같은 참을성과 인내력이 없습니다. 너무나 괴롭습니다. 차라리 빨리 죽었으면 좋겠습니다."

"불쌍한 이오, 너에게 희망의 말을 해주마. 너의 고통에는 분명 끝이 있을 것이다. 그리고 너는 그 고통을 이겨낼 의지가 있는 현명한 여인이다."

"아, 제 삶에도 희망이 있단 말씀이십니까?"

"잘 들어라. 네가 이곳에 온 것은 운명이다. 네 후손이 나를 구하러 올 것이기 때문이다."

"그게 무슨 말씀이십니까? 저는 이렇게 등에게 시달리고 있는걸요."

"너의 후손 중 하나가 신에게 버금가는 큰 힘을 가진 아들을 낳을 것이다. 그가 이 쇠사슬을 끊을 것이다."

그 말을 듣자 고통 속에서도 이오는 희망을 느꼈다.

"아, 이 고통이 끝나고 제가 사람으로 돌아갈 수 있단 말씀이십니까? 언제 어떻게 사람으로 돌아갈 수 있을까요?"

프로메테우스는 그런 이오를 위로해주었다.

"가엾은 이오, 네가 고통에서 벗어나려면 오랜 시간이 걸릴 것이다. 이집트로 가거라. 이집트로 가면 헤라의 눈을 피해 제우스가 너를 도와줄 것이다. 그곳에서 너는 다시 여자가 될 수 있을 것이다."

그 말을 들은 이오는 너무 기뻤다.

"저에게 희망이 생겼습니다. 용기가 생겼습니다. 고통을 이겨낼 수 있을 것 같습니다."

희망을 갖게 된 이오는 서둘러 이집트로 떠나려 했다. 그런 그녀에게 프로메테우스가 미래를 살짝 이야기해주었다.

"너는 이집트에 가서 아들을 잉태할 것이다. 그 아들의 이름은 에파포스로, 이집트의 왕이 될 것이다. 그의 후손들은 위대한 영웅이 될 것이다. 나의 사슬을 끊어줄 자를 맞으려면 수백 년은 더 지나야 할 테지만 말이다."

이오는 고개를 끄덕였다. 그 순간, 피를 충분히 빨아 먹은 뒤 쉬고 있던 등에가 다시 공격하러 내려왔다. 등에가 날아오는 소리가 들리자 이오는 비명을 질렀다. 그러더니 그대로 도망치기 시작했다. 이오는 이집트를 향해 머나먼 길을 떠났다. 프로메테우스는 그 모습을 측은한 시선으로 바라보다가 고통스러운 표정으로 고개를 저었다. 이 대화를 곁에서 듣고 있던 오케아니스가 말했다.

"아, 힘 있고 강한 자들은 얼마나 잔인한가. 그들을 가까이하면 안 되겠구나."

그때 프로메테우스가 큰 소리로 외쳤다.

"무엇을 한들 자신의 운명에서 벗어날 순 없다. 오만한 신들이여, 언젠가는 저 궁전에서 깊은 나락으로 내동댕이쳐질 것이다. 아무런 힘도 없이 인간들의 입에 오르내리는 이야깃거리가 될 것이다."

순간 천둥이 꽈과광 하고 울렸다.

16

헤르메스의 심부름

"제우스의 운명에도 한계가 있고 나의 운명도 정해져 있다. 이 모든 것을 깨달으면 제우스는 결코 행복하지 못할 것이다. 으윽!"

프로메테우스는 끊임없이 이어지는 고통에 신음했다. 오케아니데스는 두려워하며 벌벌 떨었다.

"프로메테우스 님, 더 끔찍한 벌을 받으면 어쩌려고 그러십니까? 제발 조용히 계세요. 하늘에 있는 제우스 신이 들을까 두렵습니다."

"제우스가 두려웠다면 인간에게 불을 전해주는 일 따위는 하지도 못했겠지. 원래 하고 싶은 일을 하려면 남의 눈치를 봐선 안 되는 법이다."

"하지만 이런 고통을 겪지 않도록 좀 더 지혜롭게 행동하실 수 있지 않았을까요?"

"나는 지혜롭기로 그 누구에게도 빠지지 않는 신이다. 모든 것은 내 선택이다. 나는 제우스 앞에서 피하고 싶지 않았다. 그는 모든 것을 마음대로 하는 신이다. 그런 자에게 저항조차 못 한다면 어찌 신으로서 자격이 있다 하겠는가."

그때였다. 하늘에서 구름 하나가 빠르게 다가왔다. 가까워진 뒤에 보니 그것은 구름이 아니라 제우스의 전령 헤르메스였다. 그는 날개 달린 샌들을 신고 내려오더니 한 바퀴 돌아 프로메테우스가 못 박혀 있는 바위 위에 내려섰다. 헤르메스는 근엄한 얼굴로 말문을 열었다.

"죄인 프로메테우스는 들으시오. 나는 아버지의 명을 받아 그대에게 왔소. 그대로 전할 테니 들으시오. 네가 나에 대해 이상한 얘기를 퍼뜨리고 있는데, 네가 알고 있다는 비밀이 대체 무엇이냐? 나의 운명을 네 까짓 것이 어찌 안단 말이냐? 가장 위대한 신인 나에게 네가 감히 도전하려는 것이냐? 하찮은 인간 따위에게 불을 훔쳐서 가져다주지 않나, 온갖 기술을 알려줘 인간의 오만함이 하늘을 찌르도록 만들지 않나, 너의 죄가 매우 크다. 이제라도 그 입을 닥치고 네가 알고 있는 모든 것을 털어놓아라."

프로메테우스는 고통 속에서도 아무런 표정 없이 헤르메스가 전하는 제우스의 목소리를 들었다.

"그래서 궁금한 게 무엇이냐?"

"제우스 신께서는 당신이 알고 있다는 자신의 운명에 대해 말하라고 하셨습니다."

"그것은 나만 알고 있는 비밀이다. 함부로 입을 열 수 있는 게 아니다. 하지만 분명히 말해줄 것이 있다. 제우스가 그 권좌에서 내려와 사람들의 이야깃거리가 되는 순간, 너를 포함해 나와 모든 신들은 더 이상 세상의 지배자가 될 수 없을 것이다. 모든 신들의 권위는 끝장날 것이다."

"그대 같은 도둑이 어찌 그런 운명을 안단 말이오?"

"도둑이라고? 내가 무엇을 훔쳤단 말이냐? 번개와 불은 제우스가 독점할 수 있는 게 아니다. 모든 인간이 그것을 고르게 나눠 가진 뒤 어떻게 되었나 보거라. 저렇게 행복하게 살고 있지 않느냐. 인간들이 행복해질 것을 알면서도 제우스는 자기 멋대로 불을 독점하려 했기에 내가 나선 것이다. 너와는 더 이상 할 말이 없다. 당장 돌아가라."

헤르메스는 당황했다. 제우스의 명령을 수행하지 못하고 아무런 소득도 없이 돌아갈 순 없었다.

"좋소. 당신이 알고 있다는 비밀을 말해주시오. 그러면 당신의 벌이 무거워지지 않도록 도와주지. 당신이 감히 우리 아버지 제우스 신을 놀리고 조롱했다는 사실을 숨겨주겠소."

"몇 번을 말하는가. 나는 더 이상 할 말이 없다. 너희들의 그 번쩍거리는 올림포스의 황금 궁전으로 돌아가라."

"그대가 비밀을 말한다면 아버지께서 용서하시고 이 고통을 멈춰주실 수도 있소."

"고통이 두려워서 비밀을 말할 순 없다. 그까짓 신의 자리를 지키고 싶었다면 인간들을 위해서 불을 훔치지도 않았을 것이다."

"이 세상의 왕인 제우스 신에게 끝까지 저항하겠단 거요?"

"나는 제우스에게 저항하는 것이 아니다. 이 세상의 모든 불의와 독재와 독단에 저항하는 것이다. 인간들은 나의 뜻을 받들어서 불의와 타협하지 않는 정의로운 자들이 될 것이다."

"흥, 판도라의 상자가 열려서 인간들은 이제 정의와 법과 질서를 알지 못하오."

"그것들은 제우스가 풀어놓은 것들이다. 인간들이 무엇을 잘못했단 말이냐? 그들이 왜 고통받고 굶주리고 사나운 짐승들의 위협을 받으며 동굴 속에서 벌벌 떨면서 지내야 한단 말이냐? 나는 그 모든 것을 도저히 그냥 두고볼 수 없다. 가서 제우스에게 전해라. 증오와 벌로 세상을 다스릴 수는 없다고."

"모든 것을 태워버릴 수는 있소."

"세상은 그런 것으로 다스려지지 않는다. 사랑만이 세상을 아름답게 할 수 있다. 나누어 주고 베풀고 위하고 아끼며 사람들은 서로를 사랑하게 될 것이다. 이 세상은 평화롭고 아름다운 곳이다. 인간들은 신을 존경해서 제물을 바치고 있다. 그 제물도 내가 불을 주었기 때문에 바칠 수 있는 것이다. 인간들은 제물을 바치며 신들을 숭배하고 찬양하고 있다. 그런데 그렇게 되도록 노력한 나는 불을 훔쳤다는 이유로 이토록 벌을 받고 있다. 이는 사실 자신의 자리가 위태롭다고 생각한 제우스의 노여움을 산 결과일 뿐이다. 나는 단언할 수 있다. 제우스의 불의와 독재는 오래가지 못할 것이다. 지금은 내가 벌을 받고 있지만, 나중에는 제우스가 똑같은 벌을 받을 것이다."

"한 번만 더 묻겠소. 그대가 알고 있다는 비밀을 말하지 않아도 좋소. 그 운명에서 벗어나려면 어떻게 해야 하오? 그 방법만 알려주시오."

"하하하, 결국은 그것이 알고 싶었던 것이로구나."

프로메테우스는 상황이 악화되는 것을 막고 싶었다.

"그렇다면 사람들을 자비롭게 대해라. 그리고 정의를 베풀어라. 겁을 주거나 벌하지 말고 사랑으로 보듬어줘라."

"제우스 신께서 그렇게 하리라 믿소?"

"그가 그렇게 하지 않을 것을 나도 알고 있다. 네가 계속 물으니 대답해준 것일 뿐이다. 제우스가 어떠한 고통을 가하고 어떠한 고문을 하더라도 나는 그를 구원할 방법을 말해주지 않을 것이다."

도저히 대화가 되지 않으리라는 것을 깨달은 헤르메스는 제우스에게 가서 사실대로 이야기했다.

"뭐야? 그자가 아직 덜 고통스러운가 보구나. 나의 상징인 독수리를 매일 보내라. 독수리는 가서 프로메테우스의 간을 뜯어 먹어라. 그의 간은 매일 다시 생겨날 것이다. 매일매일 고통을 겪게 만들어라."

다음 날부터 독수리가 날아가 프로메테우스의 옆구리를 찢고 간을 쪼아 먹었다. 프로메테우스는 참을 수 없는 고통에 온 산이 울리도록 비명을 질렀다.

"으아아악!"

하지만 제우스에게 굴할 순 없었다. 독수리가 간을 다 먹고 떠나면 그날 밤 간이 다시 자라났다. 그렇게 상처가 아물면 다음 날 또다시 독수리가 와서 그의 간을 쪼아 먹었다. 매일 반복되는 고문은 영원히 계

속될 것만 같았다.

오케아니데스는 끔찍해서 도저히 눈을 뜨고 볼 수 없었다.

"아아, 너무도 잔인해서 도저히 볼 수 없구나. 프로메테우스 님, 어서 제우스 신께 자비를 구하세요. 모든 것을 용서해달라고 하세요."

"으아아악! 그럴 순 없다. 어떠한 고통도 나의 뜻을 꺾을 순 없어!"

"너무나 끔찍하지 않습니까? 이 고통이 영원히 계속될 거라니……."

"내 결심은 결코 흔들리지 않는다."

독수리가 프로메테우스의 간을 뜯어 먹을 때면 하늘에서 천둥 번개가 쳤다. 제우스가 여전히 프로메테우스를 용서하지 않고 있다는 의미였다. 가끔 참을 수 없을 정도로 화가 치밀어 오를 때면 제우스는 프로메테우스가 있는 산에다가 벼락을 날리곤 했다. 이렇게 수백수천 년간 제우스의 분풀이는 이어졌다. 프로메테우스는 매일매일 살을 찢기는 고통을 당해야 했다. 팔과 다리를 옥죄는 쇠사슬과 가슴에 박힌 못에서는 끊임없이 피가 흘러내렸다. 인간을 위해 희생한 신은 카프카스산맥 꼭대기에서 매일매일 이렇게 고통을 겪고 있었다.

한편, 제우스는 분을 참지 못하고 다시 비아를 내려보냈다.

"너는 가서 저자가 알고 있다는 비밀을 알아내라."

야만적이고 위협적인 제우스의 심부름꾼 비아는 다시 프로메테우스 앞에 섰다.

"야비한 신아, 제우스 님을 구할 수 있는 비밀을 빨리 말해라. 이 정도 고통받았으면 너도 어쩔 수 없다는 것을 알 것 아니냐?"

프로메테우스는 입을 열지 않았다. 제우스의 회유에 넘어갈 생각이 없었기 때문이다. 비아는 화가 나서 프로메테우스에게 다가가 그의 가슴에 박혀 있는 못을 비틀고 흔들었다. 고통을 주기 위해서였다.

"으아악!"

프로메테우스는 비명을 질렀다. 비아는 그를 묶고 있는 쇠사슬을 발로 마구 밟았다. 그럴 때마다 쇠사슬이 프로메테우스의 발목에 파고들었다. 참을 수 없는 고통이 계속됐지만 프로메테우스는 비아를 상대하지도 않았다. 겁주고 위협하면 프로메테우스가 비밀을 말해줄 것이라 생각한 비아는 그를 계속 괴롭혔다.

"어서 말하란 말이다. 제우스 신께 어떤 일이 생긴다는 거냐?"

"네 이놈, 네가 나를 아무리 괴롭혀도 나는 꼼짝도 하지 않을 것이다. 네가 무슨 짓을 하든 내가 굴복할 리 없으니 너는 얼른 내 앞에서 사라져라."

비아는 고개를 저으며 올림포스로 돌아갔다. 그때 독수리가 다시 날아와 매일 그랬듯 다시 프로메테우스의 간을 뜯어 먹기 시작했다. 아물지 않은 상처는 하루 종일 그를 괴롭혔다. 그렇게 하루, 이틀, 1년, 100년…… 시간이 흘러갔다.

그렇게 천천히 시간이 흐르는 가운데도 프로메테우스는 옅은 희망을 가지고 있었다. 똑같은 고통이 계속되는 나날이었지만, 그는 한 인간이 자신을 구하러 오리라는 것을 알고 있었다. 시간이 흐르면서 그의 곁을 지키던 오케아노스의 딸들은 모두 제자리로 돌아갔다. 그러나 그녀들은 변함없이 프로메테우스를 지지하고 그를 추종했다.

"프로메테우스 님, 당신은 정말 대단한 신이십니다. 우리가 오랫동안 지켜봤지만 당신 같은 신은 없는 것 같아요. 우리는 프로메테우스 님의 고통을 감히 상상도 할 수 없습니다. 이토록 오랫동안, 이토록 참혹한 고통을 어떻게 견디고 계시단 말입니까?"

그녀들은 시간이 날 때마다 그를 찾아와 인간 세상에서 어떤 일이 벌어지고 있는지 눈으로 보는 것처럼 생생히 이야기해주었다. 그런 이야기를 통해 제우스의 벼락으로 대홍수가 훑고 지나간 뒤 탄생한 새 인류가 세상을 얼마나 풍요롭게 만들고 있는지 알 수 있었다. 지혜로운 인간들은 끊임없이 지식을 쌓으며 학문과 예술을 발전시키고 있었다. 프로메테우스는 자신이 뿌린 작은 씨앗이 화려하게 꽃피운 것을 보듯 인간 세상이 날로 번영하는 데 뿌듯함을 느꼈다. 오케아니데스는 들뜬 목소리로 계속 이야기했다.

"인간들은 얼마나 사랑스러운지 모르겠어요. 그들은 끊임없이 발전하고 있어요. 절대로 안주하지 않고 계속 노력하는 그들의 모습은 프로메테우스 님을 떠올리게 해요. 게다가 새로 태어난 인간들은 예전과는 전혀 다른 인간이랍니다. 지금 인간들은 영웅의 시대를 살고 있어요."

프로메테우스는 고통 속에서 희미하게 미소를 지었다.

"아, 드디어 때가 오고 있구나."

그의 속삭임을 듣지 못하고 오케아니데스는 계속 떠들어댔다.

"게다가 이제는 신들도 인간을 도와주고 있어요."

"그게 정말이냐?"

"아테나나 헤파이스토스 같은 신들이 사람들에게 기운을 주고 있답니다. 그래서 인간들은 신들을 칭송하고 있어요. 심지어 제우스 님조차 기뻐하실 정도예요."

"어허, 정말 다행이다."

"뿐만 아니라 인간과 결혼한 신들도 있답니다. 함께 먹고 마시고 즐기기도 하지요."

프로메테우스는 그 어느 때보다 환하게 웃었다.

"그거 정말 반가운 이야기다. 내가 바라던 게 바로 그런 모습이었다. 인간이 신이 되고 신이 인간이 되는 그런 순간이 왔으면 하고 바랐었지."

"신들은 인간들을 지켜주고, 전쟁이 나면 전쟁을 막아주기도 한답니다. 인간과 신이 결합해서 괴물이 태어나기도 하는데, 그러면 영웅들이 그 괴물을 해치워서 그들만의 신화를 쓰기도 하지요."

"인간들이 정말 많이 용감해졌구나. 아, 나의 때가 가까워졌다."

프로메테우스의 얼굴이 환해지는 것을 보며 오케아니데스도 모두 좋아했다.

"내가 원했던 대로 인간들은 신들을 찬양하고, 신들은 인간들을 돕고 있구나. 나는 제우스를 미워하지 않는다. 그는 자신의 권력을 지키려고 했을 뿐이다. 그도 이제 인간들이 자신에게 필요하다는 것을 깨달았겠구나."

"그렇습니다. 제우스 님도 많은 인간들과 결합해서 신들을 낳았어요."

"그가 마음을 고쳐 먹고 인간들과 친구가 되었다니 정말 기쁘구나. 나를 그토록 싫어하고 못되게 굴던 제우스가 이제 인간들을 자신의 동료 내지 자신과 함께할 수 있는 존재로 받아들였다니 이보다 더 기쁜 소식은 없을 것이다. 제우스에게 내가 알고 있는 비밀을 말해줘도 괜찮을 것 같구나."

오케아니데스는 프로메테우스의 따뜻한 말에 모두 감동받았다.

"프로메테우스 님, 당신의 지혜로움과 가장 큰 적조차 용서하고 감싸안으려는 마음은 우리를 감동시킵니다. 이렇게 변화가 계속되다 보면 당신의 고통이 끝날 날도 오겠지요. 프로메테우스 님이 말씀하신 것처럼 인간 중의 영웅이 곧 당신을 도와주러 올 것만 같아요."

"그는 이미 오고 있다."

프로메테우스는 알고 있었다.

"그는 이미 상당히 가까이 왔다."

"그의 이름이 무엇입니까?"

"그의 이름은 헤라클레스다."

"정말인가요? 드디어 프로메테우스 님이 쇠사슬에서 해방되는 것을 볼 수 있을 거라니…… 너무나도 기쁩니다."

오케아니데스는 기뻐서 춤추고 노래했다. 그들은 헤라클레스의 이름을 노래했다.

헤라클레스, 헤라클레스, 영웅이여 어서 오세요.
오, 헤라클레스, 헤라클레스, 그대를 기다렸어요.
헤라클레스, 헤라클레스, 나는 듯이 와서
빨리 쇠사슬을 끊어주세요.
가슴에 박힌 못을 뽑아주세요.

헤라클레스, 헤라클레스, 헤라클레스.

아름다운 오케아니데스의 노랫소리가 온 산과 계곡에 메아리쳤다. 그때였다. 산 아래서 누군가 크게 외치는 소리가 들렸다.

"누가 내 이름으로 노래를 부르는 거요?"

그는 바로 헤라클레스였다. 오케아니데스는 너무 기뻤다.

"어머, 어머! 진짜 영웅이 왔다."

"이럴 수가! 우리가 직접 그를 볼 수 있다니."

오케아니데스는 춤추고 노래하며 헤라클레스를 맞으러 갔다.

산을 올라가는 헤라클레스는 이들이 왜 자신의 이름을 부르며 노래하는지 알 수 없었다. 그는 노랫소리가 들려오는 곳을 향해 빨리 걸어갔다. 험한 바위산을 뛰어넘고 깊은 계곡을 지나 프로메테우스가 있는 곳을 향해 한 걸음 한 걸음 나아갔다.

헤라클레스는 미케네의 왕 에우리스테우스 휘하에 들어가 열두 가지 과업을 수행하는 중이었다. 그 과정에서 그는 수없이 많은 괴물들을 죽이고 맞서는 적들을 물리치며 이곳까지 왔다. 그는 거인과도 싸웠고, 배를 타고 태양을 향해 항해하기도 했다. 그 어떤 사람도 가본 적 없는 길을 걸어온 것이다. 그렇게 모험한 끝에 카프카스산맥에 도착했다. 헤라클레스의 어깨에는 인류의 보답이라는 신성한 의무가 얹혀 있었다. 인류를 행복하게 해주고 발전시켜준 신에게 인간이 은혜를 갚을 순간이 온 것이다. 마침내 숲을 헤치고 헤라클레스가 프로메테우스 앞에 모습을 드러냈다.

"아, 저분이 바로 프로메테우스 신이로구나. 저렇게 참혹한 고통을 받고 있다니……."

프로메테우스의 모습을 본 헤라클레스는 큰 충격을 받았다. 그 누구도 감당하기 어려운 형벌을 받고 있는 신의 모습을 보면서 그는 자신이 왜 이곳까지 왔는지 확실히 깨달았다.

'고통받는 인간뿐만 아니라 신도 구해야 하는 것이 나의 운명이구나.'

그는 프로메테우스가 너무나도 불쌍했다. 헤라클레스는 프로메테우스가 있는 바위산을 기어 올라갔다. 한참 올라간 끝에 그는 마침내 프로메테우스와 대화를 나눌 만큼 가까워졌다. 그는 존경해 마지않는 신에게 물었다.

"신이시여, 어찌하여 이런 고통을 겪고 계십니까?"

프로메테우스가 대답하려는데 머리 위에서 날카로운 울음소리가 들렸다.

"까악!"

고개를 들어보니 커다란 독수리 한 마리가 하늘에서 내려오고 있었다. 프로메테우스의 간을 쪼아 먹기 위해 허공에서 수직으로 낙하하고 있었다. 평상시 같았으면 그대로 내리꽂혀 프로메테우스의 옆구리를 발톱으로 찍은 뒤 잔인하게 간을 파먹었을 것이다. 그러나 날아다니는 새라면 이골이 날 정도로 쏘아 떨어뜨린 헤라클레스였다. 헤라클레스는 침착하게 화살을 꺼내 활시위를 당겼다. 화살은 재빠르게 날아가 아무런 경계심 없이 내려오던 독수리의 몸통을 관통해버렸다. 독수리는 그대로 즉사해 넝마 조각처럼 산 아래로 굴러떨어져 바다에 처박혔다.

신의 사자답게 거대한 독수리가 바다에 빠지며 흰 거품이 일었다.

"만세! 헤라클레스 님 만세!"

매일 프로메테우스가 고통받는 끔찍한 장면만 보다가 독수리가 화살에 맞아떨어지는 것을 본 오케아니데스는 기쁨의 눈물을 흘리며 탄성을 질렀다. 이때 하늘에서 구름을 뚫고 헤르메스가 나타났다. 헤라클레스가 제우스의 뜻을 거스르려는 것을 알고 위기의식을 느낀 것이다.

"이게 대체 무슨 일이냐? 어째서 감히 인간이 제우스 신의 명을 받은 독수리를 죽인단 말이냐?"

프로메테우스에게 존경심을 갖고 있던 헤르메스였지만 오랜 세월이 지나는 사이 반말을 지껄일 정도로 그에 대한 마음이 변해버렸다. 프로메테우스는 웃으며 말했다.

"그대가 나타난 것을 보니 비밀을 알려줄 때가 된 것 같군."

"프로메테우스는 제우스 신의 명령으로 바위산에 묶인 채 독수리에게 간이 파먹혀야 하는 운명인데, 이것을 감히 인간이 와서 방해한단 말이냐? 제우스 신의 명령이 이렇게 무너질 순 없다!"

프로메테우스는 웃으며 말했다.

"쓸데없는 소리 하지 마라! 제우스의 의지와 상관없이 나는 나대로 자유로워질 수 있는 법이다. 나는 이제 풀려날 것이기에 제우스의 운명을 알려주겠다."

"……"

마침내 비밀을 말해준다는 프로메테우스의 말에 헤르메스는 입을 다물었다.

"제우스는 바다의 신 네레우스의 딸 테티스*와 결혼하면 안 된다. 운명의 여신 모이라이의 두루마리에 테티스가 제우스보다 강한 아들을 낳을 것이라고 쓰여 있기 때문이다. 그 아들이 바로 제우스를 넘어뜨릴 신이 될 것이다."

프로메테우스의 말이 끝나자마자 헤르메스는 부리나케 올림포스로 돌아갔다. 제우스가 그토록 두려워하던 운명을 알아냈기 때문이다. 바로 자신이 했던 그대로 자신의 자식에게 쫓겨난다는 운명이었다. 헤르메스가 떠나자 헤라클레스가 가까이 다가갔다.

"신이시여, 미천한 제가 도움을 드리고 싶습니다."

"어서 오게, 헤라클레스."

"인간에게 크나큰 도움을 주신 당신이 이렇게 고통받는 것은 말이 안 됩니다. 제가 모든 인간을 대신해 당신을 풀어드리겠습니다."

헤라클레스는 들고 있던 곤봉으로 쇠사슬을 내리쳤다. 하지만 그것은 헤파이스토스가 만든, 신조차 끊을 수 없는 쇠사슬이었다. 아무리 두들겨도 쇠사슬은 끊어지지 않았다. 산이 울릴 정도로 강하게 내리쳤지만 소용없었다. 그렇다고 포기할 헤라클레스가 아니었다. 점점 더 힘을 가했다. 내리치는 곤봉의 힘이 두 배씩 강해졌다. 한 번 내리칠 때마다 쇠사슬에서 불똥이 튀었다. 불똥에서 피어오른 연기가 산 주변을 감싸며 안개처럼 휘몰아쳤다. 천둥이 치는 듯한 굉음이 계속됐다.

"에잇! 에잇!"

카프카스산맥은 헤라클레스의 기합 소리와 쇠사슬 두드리는 소리로 가득 찼다.

철컹!

마침내 위대한 영웅 헤라클레스의 힘을 견디지 못하고 신이 만든 쇠사슬이 끊겨 나갔다. 쇠사슬이 풀리자 헤라클레스는 마지막으로 있는 힘껏 가슴에 박힌 쇠못을 뽑아냈다. 신의 상처는 순식간에 아물었다. 프로메테우스는 마침내 몸을 낮춰 대지에 엎드릴 수 있었다. 프로메테우스는 크게 숨을 들이켜며 자유의 공기를 맛봤다. 헤라클레스는 비틀거리는 프로메테우스를 부축해 일으켜 세우더니 꼭 끌어안았다.

"고맙네, 헤라클레스."

"신이시여, 감사합니다. 저에게 신을 자유롭게 해드릴 수 있는 영광을 주셔서 정말 감사합니다."

"그 어떤 말로도 나의 고마움을 표현할 수 없군."

"아닙니다. 인간을 대표해서 프로메테우스 신께 은혜를 갚을 수 있어서 무한한 영광입니다. 제가 이제껏 해온 일들 중 제일 힘든 일이 바로 오늘 한 일입니다. 당신을 묶어놓았던 쇠사슬은 인간은 물론 신조차 끊을 수 있는 것

여기서 잠깐!!

여기 나오는 테티스는 바다의 신 네레우스와 도리스 사이에서 태어난 바다의 요정 네레이데스 중 한 명으로, 프티아의 왕 펠레우스와 결혼해 영웅 아킬레우스를 낳아. 티탄 여신 테티스와 헷갈릴 수 있어. 티탄 여신 테티스는 바다의 신인 티탄 오케아노스와 결합해 3000개의 강과 3000명의 딸을 낳았지.

이 아니었습니다. 하지만 저의 모든 힘과 모든 기를 모아 간신히 끊을 수 있었지요. 이보다 더 보람된 일을 저는 한 적이 없습니다."

"헤라클레스, 인간의 위대함이 바로 그런 것이네. 악한 적, 강한 적을 만나면서 인간은 그만큼 강해진다네. 중요한 것은 마음을 어떻게 먹느냐 하는 거야. 불의가 클수록 더 강한 힘으로 불의와 맞서 싸워야 하네. 인간에게는 뛰어난 능력이 있지. 신들이 인간을 도와줄 걸세."

헤라클레스는 인간이 신에게 은혜를 갚는 대역사를 이뤄냈다. 오랜 시간 고통받아온 프로메테우스는 편안한 안식처에서 쉬고 싶었다.

"나는 이제 나의 집으로 돌아가겠네. 헤라클레스, 그대 앞에 무한한 영광이 있을 거야. 곧 올림포스에서 만나도록 하세."

프로메테우스는 올림포스로 올라갔다. 제우스는 자신에게 비밀을 말해준 프로메테우스를 기다리고 있다가 맞아주었다.

"어서 오게, 친구. 먼저 미안하다는 말을 해야겠군."

제우스가 손을 내밀었다. 프로메테우스는 화해와 용서가 얼마나 강한 힘을 지녔는지 알고 있었다. 그는 제우스의 손을 잡았다. 그들 두 신은 그렇게 화해했다. 신들 사이에는 다시금 평화가 감돌았다.

"그대의 예언을 결코 가볍게 넘기지 않겠네. 절대로 테티스를 부인으로 맞이하지 않겠어. 하지만 테티스가 혼자 사는 것은 안타까운 일이니 프티아의 왕 펠레우스와 결혼시키겠네."

신들의 뜻에 따라 테티스는 펠레우스와 결혼했다. 그녀는 훗날 위대한 영웅을 낳았으니, 그가 바로 아킬레우스다. 아킬레우스는 그리스의 가장 위대한 전쟁 영웅으로 손꼽히는 인물이다.

프로메테우스에게 선물을 해주고 싶었던 제우스는 헤르메스에게 명령을 내렸다.

"바위산의 돌을 가져오너라. 프로메테우스가 매달려 있던 그 바위산의 돌 말이다."

헤르메스가 재빨리 날아가 돌덩이를 가져오자 제우스는 헤파이스토스에게 명령했다.

"우리 두 신 사이에 있었던 갈등을 영원히 기억하자는 뜻에서 이것으로 반지를 만들어라."

돌을 갈자 그것은 곧 보석이 됐다. 헤파이스토스가 영롱한 보석을 가공해 반지를 만들었다. 제우스는 프로메테우스에게 반지를 건넸다.

"그대를 괴롭혔던 것에 용서를 구하고자 선물을 준비했네. 나는 그대에게 바위에 구속될 것이라는 명령을 내렸는데, 한 번 내뱉은 명령은 함부로 무를 수 없는 일이네. 그런데 이 반지를 끼면 그 바위에 구속되는 것이나 다름없지 않겠나."

프로메테우스는 기꺼이 제우스가 주는 반지를 끼었다. 자신을 구속했던 돌로 만든 반지를 낀 채 프로메테우스는 제우스와 함께 신들의 세계를 오래도록 지켰다.

주석으로 쉽게 읽는

고정욱 그리스 로마 신화 ❷

초판 1쇄 인쇄 2024년 12월 27일
초판 1쇄 발행 2025년 1월 17일

지은이 고정욱
펴낸이 이범상
펴낸곳 (주)비전비엔피 · 애플북스

기획 편집 차재호 김승희 김혜경 한윤지 박성아 신은정
디자인 김혜림 이민선
마케팅 이성호 이병준 문세희 이유빈
전자책 김희정 안상희 김낙기
관리 이다정

주소 우) 04034 서울특별시 마포구 잔다리로7길 12 (서교동)
전화 02) 338-2411 | **팩스** 02) 338-2413
홈페이지 www.visionbp.co.kr
인스타그램 www.instagram.com/visionbnp
포스트 post.naver.com/visioncorea
이메일 visioncorea@naver.com
원고투고 editor@visionbp.co.kr

등록번호 제313-2007-000012호

ISBN 979-11-92641-54-6 04840
        979-11-92641-52-2 04840 [SET]